Friedberg, den 14.08.2011

Für

Gisela

Viel Spaß beim

Lesen

Nadine A. Günther

D1858602

Inhalt der „Weibsstücke“ Musik-CD:

1 Chera
2 Marcy
3 Natalie
4 Ten Ling
5 Elisabeth
6 Estelle

Musik komponiert und arrangiert von
Jan Glembotzki

Das CD-Cover kostenlos downloaden unter
www.weibsstuecke.com

Nadine T. Güntner

# Weibs♀stücke

*Schicksalhaftes und Makaberes aus der Welt der Frauen*

Illustrationen von
Christina Spielbauer

PERPICX MEDIA

Nadine T. Güntner
»Weibsstücke - Schicksalhaftes und Makaberes aus der Welt der Frauen«
Illustrationen von Christina Spielbauer
© 2009 der vorliegenden Ausgabe:
PERPICX Media ®, Langwiesenweg 16, D-61267 Neu-Anspach
www.perpicx.com
© 2009 Nadine T. Güntner, alle Rechte vorbehalten
Lektorat: Paula Matos
Satz, Umschlag und Gestaltung : PERPICX Media ®
Druck und Bindung: Advantage Printpool GmbH

ISBN-13: 3-009812407-0-2

# Inhalt

# Chera

Der Pharao war tot. Die Fanfaren verkündeten es. Das Volk trauerte und Chera trauerte mit ihm. Doch sie weinte nicht nur um den Pharao, der ein guter und gerechter Mann gewesen und vom Volk geliebt worden war, wie kein anderer vor ihm, sondern auch um ihr eigenes Leben, dass mit dem Tod des Pharaos verwirkt war.

Sie legte ihre Arbeit nieder und erhob sich, um an eines der großen Fenster zu treten. Von hier konnte sie zum großen Balkon hinüber sehen, der zu den Gemächern des Pharaos gehörte. Gerade traten die Priester heraus, um dem Volk zu verkünden, was die Trompeten bereits angekündigt hatten. Die Herrschaft des Pharaos war nach langem Kampf in der diesseitigen Welt vorüber.

Chera fröstelte, doch es lag nicht an den dicken Mauern, die die Hitze der ägyptischen Sonne nie in den Palast vordringen ließen und auch nicht an dem dünnen Gewand, das ihren Körper umschmeichelte. Es lang an dem Wissen, dass ihre Dienerschaft auch mit dem Tod des Pharaos nicht zu Ende war. Sie war ihm verpflichtet, über den Tod hinaus. Sie würde ihn begleiten auf seiner Reise in die Welt der Götter, würde ihm auch dort dienen. Sie und dreihundert andere.

Verzweiflung keimte in Chera auf. Sie wusste um die Ehre, die ihr zuteil wurde, den Pharao auf diesen letzten Weg begleiten und ihm auch im Totenreich dienen zu dürfen. Und doch konnte sie nichts gegen die Angst tun, die in diesem Moment der Verkündung ihr Herz erfasste. Sie hatte diese Angst schon einmal verspürt. Damals hatte sie erfahren, dass der Pharao ihr die Gunst erwiesen hatte. Er hatte ihren Namen auf die Liste seiner letzten Gefährten setzen lassen. Er hatte sie gemocht, sehr gemocht.... mehr alle anderen seiner Dienerinnen. Seitdem war sie sich den giftigen Blicken der anderen Frauen stets bewusst gewesen. Sie hatten bösartig jeden ihrer Schritte beäugt, neidisch ihre langen schwarzen Haare begafft, die wie Seide glänzten und ihre wunderschönen Augen. Was wussten diese dummen Weiber schon. Zu gerne hätte Chera mit einer von ihnen getauscht., hätte ihre Stellung gerne an eine von ihnen abgegeben. Doch die Entscheidung eines Pharaos war unumstößlich.

Bereits damals hatte Chera sich gefürchtet, doch damals war alles noch weit entfernt gewesen, der Gedanke an das tatsächliche Sein nur ein beunruhigender Gedanke an die Zukunft. Der Pharao war jung, seine Zärtlichkeiten hatte Chera genossen, ohne ahnen zu können der der junge Regent eine Krankheit in sich trug, gegen die auch die gelehrten Priester nicht tun konnten. Die Götter riefen ihn viel zu früh in ihren Kreis.

Aus Angst wurde Übelkeit. Cheras Gedanken begannen zu rasen. Die Priester würden bald kommen um sie zu holen. Dem Pharao bestand nun eine siebzigtägige Zeit der Vorbereitung bevor, bevor er endgültig ins Reich der Toden eintreten konnte, und sie wusste der er wollte, dass seine Diener ihn dort erwarteten.

Sie wusste um ihre Pflicht, aber der Überlebensdrang war stärker. Gab es eine Möglichkeit für sie, ihrem Schicksal zu entrinnen. Was wäre wenn sie nun einfach hinausging, den Palast verließ, Theben verließ…den Nil entlang …einfach irgendwohin wo niemand sie kannte. Noch während sie dies dachte, begann Chera zu laufen. Den Saal hinaus, die schmal dunkle Treppe hinunter hinaus in den Hof. Die bunten Wände die den weitläufigen Hofes schienen sie plötzlich zu erdrücken, ihr Herz raste. Sie musste nur noch durch den Hof, dann über den Vorhof, zum Schluss durch das große Tor hinaus in die Stadt. Vielleicht erkannte sie niemand auf diesem Weg. Sie zog den Schleier ins Gesicht. Jetzt hatte sie den Vorhof halb überquert. Die Menschen um sie herum waren mit sich beschäftigt, mit ihrer Trauer. Der junge Pharao war tot. Niemand bemerkte sie. Dort vorne war sah sie das Tor,

jetzt waren es nur noch wenige Schritte. Angst verwandelte sich in Euphorie. Es gab keinen Grund Angst zu haben. Sie konnte einfach ein neues Leben beginnen, sie brauchte nicht mehr dem Pharao zu dienen. Chera fühlte sich frei, freier als jemals zuvor in ihrem Leben.
Jemand packte sie grob am Arm. Ein Schmerzenslaut kam über ihre Lippen, als sie herumgerissen wurde. Sie sah die kahl rasierten Schädel der Priester. Es war vorbei. Es gab doch kein Entrinnen. Sie zerrten sie zurück, über den Hof, zum Tempel, wo die anderen Diener des Pharaos bereits auf ihr Schicksal warteten. Sie mussten sich beeilen, der Pharao war bereits auf den Weg ins Totenreich. Jedes Gefühl in Chera schwand, wich eine lähmende Taubheit. Sie war die Dienerin des Pharaos, sie musste ihrem Herrn folgen.

*Chera*

# Mina

Der Morgen begann düster, denn der Himmel war wolkenverhangen. Vom feuchten Boden stieg wabernder Nebel auf und die Landschaft schien an diesem Morgen in blaues Licht getaucht.
Ihre Tochter schlief noch, als Mina die kleine Hütte verließ. Es war noch früh und die Luft kalt. Mina musste sich ihren Fellumhang enger um die Schultern raffen. Seufzend und widerstrebend stapfte sie durch den schlammigen Boden, um sich zu den anderen Frauen des Dorfes zu gesellen, die bereits mit ihrer Arbeit begonnen hatten. Die Vorbereitungen waren schon im vollen Gange, denn heute war ein ganz besonderer Tag, der wichtigste des ganzen Jahres. Dieser Tag war nur den Göttern gewidmet.
Der Druide hatte bereits die Nacht durchwacht. Er hatte sie in Trance und mit den unterschiedlichsten heiligen Handlungen verbracht. Als Mina an seiner Hütte vorbeikam, war er dabei, mit ernstem Gesichtsausdruck sein rituelles Messer zu schärfen. Es würde heute eine bedeutungsvolle Rolle spielen. Mina musste einen Moment stehen bleiben, denn ihr wurde das Herz schwer und der Druck nahm ihr den Atem.
Sie zwang sich weiterzugehen und erreichte die Frauen, die am Rande des Dorfes im Gesträuch hockten und die für das Ritual benötigten Kräuter sammelten. Die Männer hatten bereits lange vor Sonnenaufgang das Dorf verlassen, um ihr Jagdglück zu versuchen. Es sollte an diesem Abend wie jedes Jahr ein Festessen geben. Ihr ganzes Leben hatte sich Mina immer auf diesen Tag gefreut, doch heute hätte sie alles dafür gegeben, nicht daran teilnehmen zu müssen. Dieses Mal würde sie eine ganz besondere Rolle dabei spielen. Die anderen Frauen begrüßten sie herzlich, fast andächtig, als sie sich daran machte, mit ihnen die Kräuter zu schneiden. Mina spürte ihre neiderfüllten Blicke, als sie ihnen den Rücken zudrehte. Sie wusste, dass

viele gerne mit ihr getauscht hätten. Mina hätte nicht gezögert, ihnen diese Gunst zu gewähren, doch es war unmöglich. Ihr allein wurde die Gunst der Götter zuteil. Es war eine Ehre, von ihnen erwählt zu werden, und man durfte sich ihrem Willen nicht widersetzen, denn das hätte ihren Zorn auf das ganze Dorf gezogen. Doch Mina spürte nichts von dem göttlichen Segen, sie fühlte nur den Schmerz, der mit ihm verbunden war. Wussten die Götter, welchen Schmerz sie den Auserwählten zufügten? Es war schlimmer als ein glühender Dolch im Herzen.

Als die Kräuter gesammelt und dem Druiden übergeben worden waren, kehrte Mina in ihre Hütte zurück. Ihre Tochter war inzwischen erwacht und freute sich über die Rückkehr der Mutter. Mina hätte am liebsten geschrien, so laut, dass ganz Germanien und die Götter selbst von dem Schmerz erfuhren, der ihr zugefügt wurde. Doch sie tat es nicht. Stattdessen nahm sie das Mädchen in die Arme und drückte es so lange an sich, bis die Kleine sich der Umschlingung entwand. Mina ließ sie mit Tränen in den Augen gewähren. Sie war sieben Jahre alt und sie verstand nichts von dem, was an diesem Tag geschehen würde.

Die Männer kehrten von ihrem erfolgreichen Jagdzug zurück. Sie brachten herrliches Fleisch mit, das die Frauen in Verzückung versetzte. Es gab viel zu tun. Die Tiere mussten ausgenommen und enthäutet werden. Dann wurden die Feuer angezündet.

Später, während ihre Tochter friedlich auf dem festgetretenen Erdboden der kleinen, rauchigen Hütte spielte, kamen die Jungfrauen des Dorfes und brachten Blumenkränze und ein feines Gewand, das nur für diesen Tag angefertigt worden war. Mina saß auf ihrem niedrigen Lager, hielt dabei ihre Tochter in den Armen und ließ, vom Schmerz wie betäubt, die Jungfrauen die heiligen Handlungen durchführen. Langsam wurde dem Mädchen bewusst, dass dies kein Tag wie jeder andere werden würde. Sie lachte und klatschte in die kleinen Hände, als sie in feinen Stoff gehüllt und mit Blumen geschmückt wurde. Mina hingegen weinte stumm. Es gab keinen Trost für sie an diesem Tag. Ein junges Mädchen mit strohblondem Haar, kaum drei Jahre älter als ihre Tochter, kam zu ihr und fragte sie mit verständnislosem Gesicht, warum sie weine. Sie könne doch stolz auf den Vorzug sein, der ihr gewährt wurde. Mina hätte sie am liebsten ins Gesicht geschlagen. Was wusste dieses dumme Ding schon?

Vor ihrer Hütte versammelten sich die Dorfbewohner. Zuletzt kam der Druide. Wenn sie gekonnt hätte, hätte Mina den offenen Zugang zu ihrer Hütte verrammelt und wäre mit ihrer Tochter nie wieder herausgekommen. Doch es wäre sinnlos gewesen. Es hätte nur den Zorn der Götter heraufbeschworen.

Der Druide betrat würdevoll ihre ärmliche Behausung. Er brachte wohlriechende Kräuter mit, die ihren Duft in der ganzen Hütte verströmten, und einen Trank, den er unter unzähligen Riten zubereitet hatte. Ihre Tochter schmiegte sich an Mina und umschlang mit ihren Armen die Hüfte der Mutter. Mit großen, ängstlichen Augen beobachtete sie den riesigen, unheimlichen Mann, der ihr noch nie ganz geheuer gewesen war. Sie wollte seinen Trank nicht annehmen. Erst nach der Aufforderung der Mutter, die diese nur mit größtem Leid über die Lippen brachte, nahm sie das Gefäß in die kleinen Hände. Der Trank schmeckte bitter und das Kind würgte. Es benötigte viel Zeit und Geduld, bis sie das Gefäß geleert hatte. Mina wusste, dass es ihrer Tochter nicht geholfen hätte, wenn sie den Trank verweigert hätte. Er machte die Sache nur erträglicher. Es dauerte eine Weile, bis das Gebräu seine Wirkung voll entfaltet hatte. Es machte das Mädchen gefügig und willenlos. Mit stumpfen Augen und abwesendem Gesicht hielt es die Hand der Mutter, die vom Schmerz fast ebenso betäubt war.

Der Druide führte die Prozession an, die hinaus ins Moor zog. Auf rutschigen, ausgetretenen Wegen, die geschickt alle gefährlichen Stellen umgingen, wanderten die Dorfbewohner zum heiligen Ort. Dort bildeten sie einen Kreis und nahmen das berauschte Mädchen in ihre Mitte. Einer der Männer musste es halten, denn Mina hatte nicht mehr die Kraft. Mit jedem

Schritt wurde der Druck auf ihrer Brust größer, bekam sie weniger Luft, bis ihr schließlich schwindlig wurde und sie glaubte, ohnmächtig zu werden. Jetzt stand Mina etwas abseits, von den Frauen des Dorfes umgeben, und der Druide stimmte einen heiligen Singsang an. Dann zog er das rituelle Messer hervor. Die blanke Klinge glänzte im bläulichen Tageslicht. Mina verspürte unbeschreibliche Übelkeit. Für einen Augenblick konnte sie Verständnis in den Augen ihres Kindes sehen, und dann, die Götter waren gnädig, ging alles sehr schnell. Noch bevor das Mädchen einen Laut von sich geben konnte, schnitt das Messer gekonnt durch das weiche Fleisch an ihrem Hals. Blut spritzte, dann brach der leblose Körper zusammen. Mina wurde schwarz vor Augen.

Als sie wieder erwachte, lag sie mit durchweichten Kleidern auf dem feuchten Erdboden. Sie raffte sich mühsam auf. Der Leichnam ihrer Tochter war bereits in ein helles Leinentuch gehüllt worden. Mithilfe zweier Männer und unter ständigem Gesang versenkte der Druide sie im Moor. Die Prozession wartete, bis das Opfer völlig von dem dunklen Morast verschluckt worden war, dann zogen sie wieder Richtung Dorf. Niemand bemerkte, dass Mina zurückblieb. Erst am Abend, während des Festmahls, wurde ihnen bewusst, dass sie nicht mehr unter ihnen weilte.

*Mina*

# Ilia

Die Wärme umfing ihren Körper, als sie langsam in die frisch gefüllte Wanne aus grauem Marmor glitt. Ihre Dienerin hatte das Wasser ordentlich aufgeheizt, wie sie es befohlen hatte. Die Hitze würde den Kreislauf in Schwung bringen und ihr Vorhaben beschleunigen. Nachdem das Bad gerichtet worden war, hatte Ilia all ihre Bediensteten nach Hause geschickt, sodass sie nun mit sich, ihren Gedanken und ihrem Leid völlig allein sein konnte. In dem riesigen Gebäude auf dem Hügel, das zum größten Teil aus feinstem Marmor bestand, war kein Geräusch mehr zu vernehmen. Nur das leise Plätschern des Wassers, das Ilias Körper umhüllte, tönte überlaut durch ihre Gemächer. Und auch das würde bald verklungen sein. Von dem Aufruhr, der in den Straßen herrschte, war hier oben, weit über den Dächern der Stadt, nichts zu hören. Heute war ein aufregender Tag für das ganze Volk. Der Kaiser war tot. Ermordet von seinen langjährigen Gegenspielern. Und durch diese Freveltat war das Volk in zwei Teile gespalten worden. Die einen beweinten den toten Kaiser, die anderen jubelten und ließen den Mörder hochleben.

Ilia war erleichtert, nicht mehr dabei sein zu müssen. Sie hatte sich so schnell es ihr möglich war in ihr Haus zurückgezogen, wo sie im wahrsten Sinne des Wortes über den Dingen thronte und sich auf ihre ganz eigene Weise mit dem Ereignis beschäftigte, das auf so tragische Weise mit ihr verbunden war.

Der Kaiser war tot, ihr Geliebter war tot … ermordet, erdolcht. Ilia hatte in der Taverne während eines Treffens mit ihren Freundinnen davon erfahren. Die Neuigkeit hatte sich wie ein Lauffeuer in der Stadt verbreitet. Kaum war das Lebenslicht des Kaisers vollständig erloschen, da wusste es bereits das ganze Volk … auch Ilia. Es war schwer gewesen, sehr schwer, den

Schmerz vor ihren Freundinnen geheim zu halten. Niemand hatte je von ihrer Liebschaft erfahren dürfen. Er hatte es nicht gewollt und sie hatte es zu seinen Lebzeiten respektiert und würde es auch jetzt tun. Er hatte ihr diese Villa abseits der Stadt geschenkt, damit sie sich ungestört treffen konnten. Natürlich war jedem klar, dass selbst die beste Waffenschmiedin der Stadt, und sie war die Beste, sich nicht aus eigenem Verdienst ein solches Haus leisten konnte, aber es wurden nie mehr als flüchtige Gerüchte daraus.
Die Nachricht über den Tod des Kaisers war nicht nur finanziell vernichtend für sie. Sie hatte ihn wirklich geliebt. Er war ihr Leben gewesen.
Während sie noch wie betäubt bei ihren Freundinnen am süßen Wein nippte, wurden immer mehr Einzelheiten über die Freveltat auf der Welle des Tratsches zu ihnen herangetragen. Erdolcht worden sein soll der Kaiser, ein schönes Stück soll es gewesen sein. Fein gearbeitet, mit Löwen verziert und grünen Steinen bestückt. Während Ilia schweigend und beherrscht die Neuigkeiten zur Kenntnis nahm, hatte sie das Gefühl, dass man ihr nach und nach die Luft zum Atmen raubte. Sie kannte diesen Dolch. Es war eines ihrer Werkstücke, das sie für einen der Senatoren gefertigt hatte. Es war eine Arbeit aus ihrer Hand, die ihrem Geliebten das Leben genommen hatte. Er war durch ihre Hand getötet worden! Dieser Gedanke ging ihr nicht aus dem Kopf, als sie sich fluchtartig in ihr Haus zurückzog, vom Schmerz betäubt und von der Verzweiflung gelähmt.
Es dauerte nicht lange, bis sie wusste, dass sie mit dieser Last nicht weiterleben wollte, dass sie nicht alleine auf dieser Welt verweilen wollte. Das warme Wasser umschmeichelte ihren nackten Körper, der Dolch lag bereit. So wie er durch ihre eigene Arbeit gestorben war, wollte auch sie durch eines ihrer Werke sterben. Langsam griff sie nach dem glänzenden Metall, das beruhigend und kühl in der Hand lag. Die scharf geschliffene Klinge glitt sanft durch die Haut, ohne dass sie viel Druck ausüben musste. Sie verstand eben etwas von ihrem Handwerk. Es schmerzte kaum, aber das Blut schoss bald aus den geöffneten Pulsadern und färbte das Wasser tiefrot. Jetzt

brauchte sie nur noch die Augen zu schließen und zu warten. Sie dachte an ihren Geliebten, dem sie nun in das Reich der Toten folgen würde. Und mit dem Blut, das aus ihren Adern floss, floss auch das Leben aus ihrem Körper.

*Ilia*

# Cordelia

Als Cordelia erwachte, wusste sie im ersten Moment nicht, wo sie sich befand. Es war dunkel, nur durch einen schmalen Spalt weit über ihr drang ein wenig fahles Mondlicht. Die Luft war feucht und roch übel. Sie lag auf dem Boden, das Gesicht im modrigen Stroh. Sie versuchte, sich zu bewegen und es schmerzte. Sie konnte jeden Knochen spüren, sogar das Atmen verursachte ihr Qualen. Während sie versuchte, sich aufzusetzen, kehrten die Erinnerungen zurück. Langsam wurde sie sich wieder ihrer misslichen Lage bewusst. Sie befand sich im Hexenturm. Wie viel Zeit war wohl vergangen? War es noch dieselbe Nacht oder war es Tage her, seitdem die Männer zu ihr gekommen waren? Es waren mindestens ein Dutzend gewesen, sie hatten Fackeln bei sich gehabt und sie aus ihrem kleinen, bescheidenen, aber gemütlichen Häuschen etwas abseits des Dorfes gezerrt. An viel konnte sich Cordelia nicht erinnern. Es war alles so schnell gegangen. Sie hatten sie zu Boden geworfen, sie getreten und geschlagen, bis ihr ganzer Körper schmerzte. Sie hatten sie angebrüllt und – sie hatten sie Hexe genannt. Sie hatte nur hin und wieder die Gesichter der Männer erblicken können. Es waren Männer des Dorfes, Männer, die sie schon seit Jahren kannte, die sie von ihren Krankheiten geheilt hatte. Der Bürgermeister war unter ihnen gewesen und auch der Pfarrer, der unentwegt einen lateinischen Gesang von sich gab und sein Kruzifix schwenkte, um das Böse der Hexe zu bannen. Cordelia konnte sich nicht wehren, konnte nichts tun, um sich zu verteidigen. Irgendwann hatte sie schützend den Kopf unter den Armen vergraben und alles über sich ergehen lassen. Sie hatte auf den Tod gewartet, doch die Erlösung kam nicht. Dann hatten sie ihr Haus angezündet. Das kleine Häuschen aus Holz und Stroh brannte in kürzester Zeit lichterloh. Cordelia

konnte einen letzten Blick darauf werfen, als sie sie an den Haaren ins Dorf zum Hexenturm zerrten.
Nun saß sie hier, die Beine dicht an den Körper gezogen, obwohl es schmerzte, und die Arme schützend um die Knie gelegt, und konnte ihr Schicksal nicht fassen. Sie fühlte sich betäubt und leer, es reichte nicht mal mehr für Angst. Ihr Haus war verbrannt, alles, was sie besessen hatte, war zerstört. Ihr war nichts geblieben.
Was hatte sie getan? Womit hatte sie dieses Schicksal verdient? Seit fast zwanzig Jahren war sie die Kräuterfrau des Dorfes. Jeder hatte ihre Hilfe erbeten, ihren Rat gesucht. Ihr war stets ein gewisser Respekt entgegengebracht worden. Warum jetzt? Warum diese Wendung? Doch noch während sie sich diese Frage stellte, wurde ihr die Antwort klar. Sie hatte den hasserfüllten Blick des Bürgermeisters gesehen. Nicht nur in der Nacht, als sie sie holten, schon zwei Tage zuvor hatte er sie so angesehen. In seinen Augen war nicht die zu erwartende Trauer gewesen, sondern nur kalter Hass. Dabei trug nicht sie die Schuld am Tod seiner Frau und ihres ungeborenen Kindes. Es war Gottes Wille gewesen. Das Kind lag falsch herum, auch all ihre Künste und ihr Wissen hatten nichts daran ändern können. Sie hatte Tränke und Salben angewendet, doch das Kind wollte sich nicht gebären lassen. Irgendwann hatte die Tortur ihren Tribut verlangt und die Frau des Bürgermeisters war an Entkräftung gestorben. Sie hatte nichts dagegen tun können. Niemand hätte etwas tun können!
Jetzt hatte sie keinen Zweifel mehr. Der Bürgermeister hatte sie hierher gebracht. Er wollte Rache. Er war kein dummer Mann, wahrscheinlich glaubte er nicht mal selbst an die Anklage. Doch er war einflussreich und er hatte den Pfarrer hinter sich. Und der glaubte. Und die Dorfbewohner, einfache Bauern und Handwerker, würden glauben, was man ihnen sagte.
Cordelia versuchte, sich auszumalen, was wohl mit ihr geschehen würde. Welches Schicksal würde sie nun erwarten? Sie würden ihr sicher den Prozess machen, als Hexe. Sie schauderte. Würde sie auf dem Scheiterhaufen

enden? Es gab nicht viele Hexenprozesse in dieser Gegend. Sie hatte selbst niemals einen miterlebt, doch sie wusste, dass sie niemals gut endeten.
Doch vor dem Scheiterhaufen würde noch etwas anderes stehen – die Hexenprobe. Das Gottesurteil. Für den Moment schöpfte Cordelia neu Hoffnung. Niemand konnte sie verurteilen, wenn sie die Probe bestehen würde. Und das würde sie. Gott wusste, dass sie keine Hexe war. Er wusste, dass ihre Kunst nichts Übernatürliches war, dass sie niemals jemandem etwas Böses wollte. Sie würde die Probe bestehen und alles würde gut werden. Die anderen würden es sehen und an ihre Unschuld glauben.
Diese Erkenntnis reichte nicht aus, um die Angst und Verzweiflung aus Cordelia zu vertreiben, aber die neue Hoffnung gab ihr Kraft, dem Kommenden entgegenzublicken. Sie wandte sich an den Einzigen, der ihr jetzt noch helfen konnte, und begann zu beten.

Der Tag war hereingebrochen, als sie kamen, um sie zu holen. Durch das winzige Fenster fiel das trübe Licht eines bewölkten Tages. Sie zerrten ihren geschundenen Körper durch die aufgeweichten Straßen hin zum Dorfteich. Trotz des schlechten Wetters schien alles auf den Beinen zu sein. Es gab nicht viel Aufregendes für die Bauern in dieser Gegend und so wurde alles, was ein wenig Abwechslung versprach, gerne angenommen. Zu Cordelias Bestürzung schien niemand ihre Schuld anzuzweifeln. Die Menge war in Aufruhr, sie traten und spuckten nach ihr, während sie durch den Schlamm geschleift wurde. Cordelia wusste nicht, welcher Probe man sie unterziehen würde. Erst als sie den Dorfteich erreichten, wurde es ihr klar. Der Pfarrer und der Bürgermeister erwarteten sie bereits, während der Pöbel ihnen folgte. Wieder faselte der Pfarrer in einem fortwährenden lateinischen Gesang, im Versuch, das Böse zu bannen, und schwenkte dabei sein Kruzifix, während der Bürgermeister das Wort erhob und sich an die gespannte Menschenmenge wandte. »Wir sind hier zusammengekommen, um diese Frau der Hexerei zu überführen. Ihre ketzerischen Taten sind allgemein bekannt.

Nun ist es an Gott, sie als Hexe zu entlarven.« Cordelia bekam die Worte des Bürgermeisters nur am Rande mit. Ihr geschundener Körper peinigte sie und sie hatte Mühe, sich auf den Beinen zu halten. Trotzdem versetzte es ihr einen tiefen Stich ins Herz, dass ein zustimmendes Gemurmel ausbrach, als der Bürgermeister auf ihre Fähigkeiten zu sprechen kam. Sie hatten nichts Ketzerisches an sich. Die meisten dieser Leute hatte sie bei dem einen oder anderen Leiden behandelt, sie hatte ihre Kinder zur Welt gebracht. Wie konnten sie nur so ungerecht sein?

Während Cordelia endgültig ihren Glauben an die Menschheit verlor, fuhr der Bürgermeister mit seiner Rede fort. »Die Wasserprobe wird ihre Schuld beweisen. Wir werden sie ins Wasser werfen und sie Gottes Hand übergeben. Sollte die Hexe auf dem Wasser schwimmen, dann ist sie ihrer Taten überführt und wird noch heute auf dem Scheiterhaufen brennen. Sollte Gott aber gnädig sein und sie im Wasser verschwinden, dann ist ihre Unschuld bewiesen und ihr wird das Leben geschenkt.«

Noch während der Bürgermeister sprach, wurden Cordelia die Hände auf den Rücken gebunden und ihre Beine verschnürt. Panik ergriff sie und ließ ihr Herz rasen. Sie glaubte, ihr Kopf würde zerspringen. Sie wollte schreien, aber dafür brachte sie nicht mehr die Kraft auf. Sie spürte, wie sie auf den Steg gezerrt wurde. Langsam wurde ihr klar, wie das alles enden würde. Verzweifelt versuchte sie, so viel Luft wie möglich in ihren Lungen zu sammeln. Sollte Gott sich gnädig erweisen, würde sie sie brauchen.

Dann stießen sie sie in Wasser. Die Kälte war ein Schock. Das trübe Wasser umschloss sie und Cordelia verlor sofort die Orientierung. Für einen kurzen, aber beängstigenden Augenblick glaubte sie, sie würde nach oben treiben, doch als sie den Grund des Teiches erreicht hatte, wusste sie, dass sie gesunken war. Sie war unschuldig. Die Zeit schien sich ins Unendliche zu dehnen. Ihre Lungen schmerzten, der Drang zu atmen wurde immer stärker. Panik erfasste sie. Verzweifelt versuchte sie, sich zu bewegen, doch die Verschnürung hielt. Warum kamen sie nicht, um sie zu holen? Sie war unschuldig! Mit Entsetzen wurde Cordelia klar, dass sie so schnell nicht kommen würden, um sie zu retten. Der Drang, Luft zu holen, war kaum noch zu bändigen. Es ging nicht mehr. Der Körper gewann die Oberhand über den Verstand. Sie atmete und spürte im selben Moment, wie das Wasser in ihre Lungen drang. Sie war verloren. Mit einem Mal fiel alle Panik von ihr ab und ihr Denken wurde messerscharf. Sie würde sterben, aber jeder würde wissen, dass sie unschuldig war. Im letzten Augenblick ihres Lebens verspürte sie Genugtuung. Gott war gnädig. Er rief sie zu sich.

*Cordelia*

# Lady Claire

Der Himmel versteckte sich an diesem Tag hinter einer dicken, grauen Wolkendecke, doch wenigstens regnete es nicht mehr, so wie die drei Tage zuvor. So ein Wetter war untypisch mitten im Sommer. Neben dem vielen Regen war es ungewöhnlich kalt. Ihr Vater war die ganze Zeit in hellster Aufregung gewesen, denn er hatte schon befürchtet, dass er wegen der schlechten Witterungsverhältnisse das Turnier würde absagen müssen. Das wäre ein Eklat gewesen. Seit Monaten wurde dieses Ereignis vorbereitet. Gäste waren geladen worden, die bereits angereist waren und teils beschwerlichste Wege auf sich genommen hatten. Man hätte sie kaum wieder nach Hause schicken können, ohne ihnen etwas geboten zu haben. Die tapfersten und besten Ritter des ganzen Landes hatten sich angemeldet, um an dem angekündigten Turnier teilzunehmen. Allesamt waren sie unverheiratet und sie waren nur aus einem Grund gekommen … den Sieg davonzutragen und den damit verbundenen Gewinn – Lady Claires Hand.

So war es nicht weiter wunderlich, dass ihr Vater an diesem Morgen zutiefst erleichtert war, als er feststellte, dass der Dauerregen endlich aufgehört hatte. Zwar war der Turnierplatz aufgeweicht, aber man konnte reiten.

Jetzt saß Lady Claire neben ihrem Vater auf der Tribüne und beobachtete das Schauspiel, bei dem es nur um eines ging: um sie. Seit ihre Hochzeit beschlossen worden war, wehrte sich Claire dagegen. Zuerst laut und mit Worten, später, indem sie sich zurückzog und abweisend wurde. Alles, was sie für dieses Verhalten erntete, war Unverständnis. Jede ihrer Hofdamen, die jetzt schnatternd und kichernd hinter ihr saßen, hätte alles dafür gegeben, an ihrer Stelle zu sein, und hätte sie gekonnt, hätte Claire ohne zu zögern mit ihnen getauscht. Ihre Mutter hätte sie verstanden, dessen war sich

Claire sicher, doch die war schon seit Jahren tot. Und ihrem Vater war sie als Tochter nur lästig, bestenfalls dazu geeignet, gewinnbringend verheiratet zu werden. Also gab es niemanden, der verhindern konnte, dass Claire wie eine Trophäe als Gewinn ausgesetzt wurde. Das Ganze brachte ihrem Vater eine Menge Ansehen ein – und ihr ein Leben voller Unglück.

Doch noch war nicht alles verloren. Noch war Claire ein kleiner Funken Hoffnung geblieben. Das Turnier ging in die letzte Runde, nur noch zwei der ursprünglich sechzehn Teilnehmer waren im Rennen. Robert war einer von ihnen. Claires Herz schlug stets höher, wenn sie an ihn dachte. Er war blond, jung und schön, besaß strahlend blaue Augen und Claires Herz. Sie kannten sich schon seit Jahren. Robert war als Knappe auf die Burg ihres Vaters gekommen und nun zum stattlichen Ritter herangewachsen. Er war der Einzige, der Claire verstand, und niemand durfte wissen, dass sie sich regelmäßig unten am See trafen. Was Robert jedoch nicht besaß, war die Gunst von Claires Vater, denn er war der dritte Sohn eines recht armen Lords aus dem Norden und somit ohne Erbansprüche. Als er sich für das Turnier beworben hatte, hatte der Lord Gift und Galle gespuckt, doch es war eine Frage der Ehre, dass er ihm den Wunsch nicht verweigern durfte. Außerdem hatte der Lord ihm kaum eine Chance eingeräumt, die erste Runde zu überstehen, und so war die ganze Angelegenheit aus seiner Sicht schon gar nicht mehr so schlimm. Doch jetzt war Robert in der Endrunde und Claire konnte ihrem Vater den Unmut im Gesicht ablesen. Doch auch der Lord durfte noch bester Hoffnung sein. Denn als Gegner stand Robert Lord Blackmore gegenüber, einem reichen Lord mit großen Ländereien, der mit seinen dreiunddreißig Jahren wahrhaftig nicht mehr der Jüngste war (immerhin war er fast doppelt so alt wie Claire), aber eine Menge Erfahrung aufbrachte, was den Kampf Mann gegen Mann anging. Robert würde kaum eine Chance gegen den gekonnten Kämpfer haben, dessen war sich der Lord sicher. Der Sieg würde an Blackmore gehen und Claire würde somit zu seiner Verlobten ernannt, bis die Trauung stattfinden konnte. Mit dieser Ver-

mählung würde sich sein Ansehen um einiges heben.
Claire konnte sehen, dass die Vorfreude ein wenig den Ärger vom Gesicht ihres Vaters vertrieb, und es schauderte sie erneut. Sie verabscheute Blackmore zutiefst. Dieser Mann mit seinem üblen Geruch und den fehlenden Zähnen ekelte sie. Bei dem Gedanken, das Bett mit ihm teilen zu müssen, wurde ihr sofort flau. Er hatte bereits zwei Frauen jung ins Grab gebracht und Claire zweifelte nicht daran, dass ihr ein ähnliches Schicksal beschert sein würde. Ohne sich dessen bewusst zu sein, umklammerte sie das kleine, fein gearbeitete Kreuz, das um ihren Hals hing, und schickte ein Stoßgebet zum Himmel, dass Robert den Sieg davon tragen würde.
Währenddessen machten sich die Kontrahenten zur letzten Runde bereit. Blackmore wurde von zwei Knappen umschwärmt, die ihn in seine auf Hochglanz polierte Rüstung banden. Ein dritter Knappe hielt sein Pferd. Bevor sie ihm den Helm aufsetzten, blickte er noch einmal hinüber zur Tribüne, wo seine Siegestrophäe saß, und sein derbes Gesicht offenbarte ein abscheuliches, siegessicheres Lächeln. Auf der anderen Seite des Platzes stand Robert und kämpfte allein mit seiner Rüstung. Er besaß keine Knappen, die ihm zur Seite standen. Sein Pferd, eine hübsche braune Stute, war eine Leihgabe aus den Stallungen des Lords, die dieser ihm nur ungern zur Verfügung gestellt hatte. Das Gebaren des jungen Ritters offenbarte Unsicherheit, obwohl er sich bisher gut geschlagen hatte. Claire versuchte, seinen Blick einzufangen, um ihm Mut zu geben. Sie glaubte an ihn, er war ihre einzige Hoffnung. Tatsächlich hob Robert die Augen, bevor er seinen Helm über den Kopf hob, und ihre Blicke trafen sich. Claire musste unwillkürlich lächeln, als sie die Liebe in seinen Augen sah, und sie versuchte selbst, alle Zuversicht und Zuneigung in ihren Blick zu legen, die sie in diesem Moment aufbringen konnte.
Die Fanfaren ertönten, um die Wettstreiter zur letzten Runde zu rufen, und der Augenblick war zerstört. Robert zog den Helm über den Kopf und schwang sich auf sein Pferd, während Claire nur noch hilflos auf die Kampf-

bahn starren und auf die Gerechtigkeit des Schicksals hoffen konnte. Blackmores schwarzer Hengst scharrte bereits ungeduldig, als Robert seinen Platz einnahm. Die beiden Ritter bekamen ihre Lanzen gereicht. Dann gab der Kampfrichter das Zeichen zur ersten Runde. Die Pferde stoben gleichzeitig los. Schlamm spritzte empor, als sie über die Kampfbahn donnerten. Die Gegner umklammerten ihre Lanzen, dann trafen sie sich in der Mitte. Claire hielt den Atem an. Es dauerte nur den Bruchteil einer Sekunde, dann war es vorbei. Beide Lanzen hatten ihr Ziel verfehlt. Die Ritter erreichten unversehrt das Ende der Bahn. Blackmore fluchte so laut, dass man es durch das geschlossene Visier seines Helmes hören konnte, als er sein Pferd wendete und sich auf den zweiten Durchgang vorbereitete. Da keiner der Reiter getroffen worden war, wartete der Kampfrichter nicht lange und eröffnete den zweiten Ritt. Wieder schossen die Pferde gleichzeitig los und wieder trafen sie sich gleichzeitig in der Mitte. Dieses Mal duckte sich Robert tief in den Sattel und riss dann, genau im richtigen Moment, die Lanze nach oben. Sie traf Blackmore direkt auf der Brust, wohingegen dessen Lanze erneut ihr Ziel verfehlte. Ein Raunen ging durch die Menge. Das Holz von Roberts Lanze splitterte und Blackmore wankte gefährlich. Doch die Wucht reichte nicht aus, den schweren Ritter aus dem Sattel zu werfen. Beide Reiter erreichten das Ende der Kampfbahn und somit war noch immer nichts entschieden. Langsam beruhigte sich die Zuschauermenge. Die Aufregung ging in ein gespanntes Gemurmel über. Die Knappen stürzten auf ihren Herrn zu, doch dieser winkte nur herrisch ab. Blackmore schien in Ordnung zu sein und Robert wurde eine neue Lanze gereicht. Der dritte und letzte Durchgang konnte beginnen. Jetzt musste die Entscheidung fallen, sonst würde das Turnier in den Schwertkampf Mann gegen Mann übergehen.

Claire, die bei dem Treffer von ihrem Stuhl aufgesprungen war, ließ sich unter dem missbilligenden Blick ihres Vaters wieder schwer atmend zurücksinken. Die Anspannung zerriss sie beinah.

Die dritte Runde wurde ausgerufen. Die Anspannung der beiden Reiter ging

auf ihre Tiere über, denn die Pferde tänzelten jetzt nervös, bevor sie endlich lospreschen konnten. Für Claire schien die Zeit plötzlich um ein Vielfaches verlangsamt. Ihr Magen verkrampfte sich schmerzhaft, als sie beobachtete, wie die Reiter (für sie unendlich langsam) auf die Mitte der Bahn zuritten. Roberts Lanze traf zuerst ihr Ziel. Wieder zersplitterte das Holz. Der abgebrochene Schaft der Lanze glitt ab und bohrte sich in die ungeschützte Stelle zwischen Schulterschutz und Helm. Blut spritzte aus Blackmores Halsansatz, als die Waffe dort ein tiefes Loch riss, bevor sie zu Boden fiel. Doch noch bevor die Lanze ihn verletzte, hatte auch Blackmore einen Treffer erzielt. Die Waffe traf Robert mitten auf der Brust, aber die Rüstung hielt. Claire hatte gerade genug Zeit, um einen kurzen, erleichterten Aufschrei zu tun, bevor das Übel kam. Während Blackmores Pferd noch einige Meter mit dem Verletzten davongaloppierte, bevor dieser erschlafft von seinem Rücken glitt und im Schlamm liegen blieb, verlor Roberts Stute auf dem nassen und rutschigen Untergrund den Halt und stürzte hoffnungslos. Der junge Ritter konnte nichts tun. Die Rüstung, die ihm soeben noch das Leben gerettet hatte, hinderte ihn am Abspringen. Er rutsche zur Seite und schlug hart auf dem Boden auf. Es gab ein grausiges, übernatürlich lautes Geräusch von zerbrechenden Knochen, dann begrub das Pferd ihn unter sich.
Auf der Zuschauertribüne herrschte wildes Durcheinander, aber Claire achtete nicht darauf, als sie auf die Bahn hinunterstürzte. Blackmore wurde sofort von seinen Knappen umringt, aber auch die konnten nichts mehr für ihren Herrn tun. Blut floss in ganzen Schwallen über seine Rüstung und er gab ein gurgelndes Geräusch von sich, bevor er starb.
Claire interessierte sich nicht für Blackmore. Sie rannte an dem toten Ritter vorbei hinüber zu Robert. Es brauchte mehrere Männer, um ihn unter dem Pferdekörper herauszuziehen. Claires Herz schlug ihr bis zum Hals. Sie war nicht in der Lage, etwas zu sagen oder auch nur zu denken, als sie den schlaffen, leblosen Körper im Schlamm liegen sah. Dann nahmen sie ihm den Helm ab und sie blickte in zwei weit aufgerissene, tote Augen. »Er hat sich

das Genick gebrochen«, hörte sie jemanden sagen. Tränen schossen in ihre Augen und sie sank neben ihrem toten Geliebten auf die Knie. Schluchzend presste sie das Gesicht an das kalte Metall seiner Rüstung. Jetzt war alles aus. Warum hatte das Schicksal ihr das angetan?

*Lady Claire*

# Ten Ling

Während über der Stadt die Nacht hereinbrach, wurden im kaiserlichen Palast die Kerzen entzündet. Ten Ling befand sich in ihrem Zimmer, im Trakt, der nur für die Konkubinen des Kaisers eingerichtet worden war, und bereitete sich sorgsam vor. Vor zwei Stunden hatte man ihr ausrichten lassen, dass der Kaiser sie in dieser Nacht bei sich wünschte. Selbstverständlich hatte sie sich ihren Missmut darüber nicht anmerken lassen, sondern die Nachricht mit der üblichen Gelassenheit hingenommen. Dann hatte sie sich zuerst ein Bad zubereiten lassen. Das duftende, warme Wasser hatte sie entspannt. Jetzt fühlte sie sich ausgeglichen und gelöst, als sie das seidene Gewand anlegte. Der Kaiser war großzügig zu seinen Konkubinen. Er überhäufte sie mit den kostbarsten Dingen, damit sie sich damit schmücken konnten. Das war nur eine Art, mit der der Kaiser seinen Reichtum und seine Macht nach außen hin demonstrierte. Über das glänzende Gewand legte sie den teuren Schmuck, dann steckte sie sich sorgfältig das lange, schwarze Haar auf dem Hinterkopf zusammen. Noch war es nicht ergraut, aber die ersten grauen Strähnen würden nicht mehr lange auf sich warten lassen. Anschließend begann sie, sich zu schminken. Während sie mit geübten Fingern die Linien in ihrem Gesicht nachzog, betrachtete Ten Ling ihr Antlitz im Spiegel. Sie war nicht mehr jung und die Zeit hatte bereits begonnen, erbarmungslos ihre Spuren in ihrem Gesicht einzumeißeln. Fältchen zeigten sich um ihre Augen und Mundwinkel. Sie war die Älteste im Trakt der Konkubinen. Sie zählte nun schon siebenunddreißig Jahre und sie wusste, dass hinter ihrem Rücken getuschelt wurde. Die anderen Konkubinen munkelten, dass der Kaiser sie bald nicht mehr rufen würde. Sie taten das schon seit fast zwei Jahren und jedes Mal rechneten sie damit, dass es dieses Mal das letzte Mal sein würde. Aber dieses Mal würde es wohl wirklich das letzte Mal sein. Ten Ling war sich dessen sicher. Sie wünschte, es hätte nicht unbedingt in dieser Nacht sein müssen. Warum ausgerechnet heute? Hätte er sie heute nicht gerufen, dann läge die letzte Nacht bereits hinter ihr.

Ten Ling wurde das Herz schwer. Sie kannte das Schicksal der abgedienten Konkubinen. Sie wurden zu einfachen Dienstmägden, dazu bestimmt, den anderen Konkubinen ihre Dienste zu erweisen. Ihr graute es davor. Fast ihr ganzes Leben hatte sie am Hof verbracht, hatte immer die Vorzüge genossen, die ihr als Geliebte des Kaisers zustanden, seitdem sie als junges Mädchen von ihrem Vater an den Hof gebracht worden war. Sie war zwar niemals frei gewesen, aber ihr Leben war von Annehmlichkeiten und Luxus geprägt. Sie würde es kaum fertigbringen, sich in die Rolle der Unterworfenen hineinzufinden. Trotzdem würde es nicht mehr lange dauern, bis der Kaiser ihr diese Offenbarung machte. Vielleicht schon nach dieser Nacht. Ten Ling hatte nur eine Möglichkeit: Sie musste ihm zuvorkommen. Eine Konkubine konnte ihre Freiheit nur zurückgewinnen, wenn der Kaiser sie ihr selbst zurückgab. Heute Nacht würde sie all ihren Mut zusammennehmen und ihn fragen. Er würde zustimmen, wenn sie es nur richtig anstellte. Und wenn nicht … nun, dann hatte sie sich noch eine Möglichkeit offen gehalten.

Ten Ling lächelte, als sie daran dachte. Es gab einen Mann in ihrem Alter, der ihr sehr zugetan war und für den auch sie etwas empfand. Er war nicht sehr bedeutend, aber zumindest wohlhabend. Heute Nacht würde er auf sie warten und sie würde zu ihm gehen, egal was der Kaiser ihr antworten würde. Nach dieser Nacht würde sie ein neues Leben als freie Frau beginnen.

Ten Ling war bereits lange fertig, als ein Bediensteter kam, um ihr mitzuteilen, dass der Kaiser sie nun erwartete. Sie folgte dem Mann, der ihr den Weg wies – obwohl dies schon lang nicht mehr nötig war, denn sie kannte den Weg in die kaiserlichen Schlafgemächer mit geschlossenen Augen –, mit kleinen und bemessenen Schritten.

Der Kaiser erwartete sie bereits in seinem Bett. Nachdem der Diener die Tür hinter ihr geschlossen hatte, setzte sie ihr verführerischstes Lächeln auf. Der Kaiser winkte sie ungeduldig zu sich. Langsam trat sie an das riesige Bett heran und begann, sich zu entkleiden. Der Kaiser griff nach ihr und zog sie zu sich. Er war kein anspruchsvoller Mann und in seiner Fantasie gab es nicht viele Variationen. Als sie nach nicht einmal einer halben Stunde fertig waren, rollte er sich schnaufend zur Seite und blieb auf dem Rücken liegen.

Ten Ling beobachtet ihn eine Weile von der Seite, bevor sie es wagte zu sprechen. Schließlich begann sie, wählte ihre Worte dabei sorgsam. »Majestät, erlaubt mir, Euch um etwas zu bitten.« Der Kaiser nickte großzügig und Ten Ling fuhr fort. »Ihr wart immer gütig und großzügig zu mir. Ich hätte mir keinen besseren Herren als Euch wünschen können.« Es konnte nicht schaden, sich ein wenig einzuschmeicheln, bevor sie zum Punkt kam. »Doch meine besten Jahre sind vorbei. Es gibt Jüngere und Schönere, die Euren Wünschen besser entsprechen können. Seid so gütig und lasst mich frei, damit ich ein neues Leben beginnen kann.«

Der Kaiser lächelte gütig, doch dabei schüttelte er langsam den Kopf. Ten Ling schien es, als würde eine eiskalte Hand ihr Herz umklammern. »Oh nein«, antwortete der Kaiser milde. »Ich kann dich nicht gehen lassen. Noch sind deine Jahre nicht vorbei. Du bist mir immer noch die Liebste von allen … Du bist mein Juwel. Niemals würde ich dich gehen lassen.«

Ten Ling lächelte. Sie musste lächeln, angesichts des Kompliments, das ihr der Kaiser gemacht hatte. Alles andere hätte er als Beleidigung empfunden. Doch es war nur oberflächlich, in ihrem Innern sah es völlig anders aus. Sie war enttäuscht und fühlte sich niedergeschlagen.

»Ich danke Euch, Majestät«, sagte sie leise. Sie wusste, es würde keinen Sinn haben, es noch weiter zu versuchen. So musste sie also den anderen Weg gehen, auch wenn ihr der rechtmäßige lieber gewesen wäre. »Soll ich Euch etwas zu trinken holen?«

Der Kaiser nickte erneut. Ten Ling verließ das Bett und zog sich ihr Gewand

über den nackten Körper. Dann ging sie hinüber zum Tisch, wo die Karaffe mit dem Wein stand. Der Kaiser lag mit geschlossenen Augen auf dem Bett. Trotzdem drehte sie ihm den Rücken zu, damit er nicht sah, was sie tat. Vorsichtig zog sie das kleine Röhrchen aus ihrem Gewand und gab das bräunliche Pulver in den Wein. Da es ein kräftiger Wein war, hoffte Ten Ling, der Kaiser würde es nicht herausschmecken. Sie verharrte einen Augenblick, bis sich das Pulver aufgelöst hatte, dann kehrte sie ans Bett zurück und übergab dem Kaiser den Becher. Dieser leerte ihn mit hastigen Zügen. Erleichtert stellte Ten Ling fest, dass er keinen Argwohn zu haben schien. Er stellte den Becher neben das Bett und wandte sich wieder seiner Konkubine zu, um sie mit Zärtlichkeiten zu überschütten. Ten Ling ließ es gefügig über sich ergehen. Sie musste nur warten, bis das Pulver seine Wirkung tat. Dreimal hatte sie den Heiler am Hofe wegen Schlaflosigkeit konsultieren müssen, bis sie genug von dem Mittel zusammenhatte. Sie wollte kein Risiko eingehen. Der Kaiser musste fest genug schlafen, damit er ihr Fortgehen nicht bemerkte. Am nächsten Morgen, wenn er erwachen würde, würde sie längst den Palast hinter sich gelassen haben und auf dem Weg in ein neues Leben sein.
Es kam zu keinem zweiten Akt. Keine Viertelstunde später lag der Kaiser friedlich schlafend neben ihr. Er schnarchte nicht einmal.
Jetzt war der Zeitpunkt gekommen zu gehen. Ten Ling zog sich hastig an und verließ dann gemäßigten Schrittes das Gemach des Kaisers, mit der Gewissheit, niemals mehr zurückzukehren. Ihr Geliebter würde wohl schon auf sie warten. Die Wächter hegten keinen Argwohn, als sie an ihnen vorbeiging. Es war nicht unüblich, dass eine Konkubine bereits während der Nacht das Gemach des Kaisers verließ.
Als sie am vereinbarten Ort ankam, sah sie jedoch niemanden. Enttäuscht stellte sie fest, dass er noch nicht da war. Aber er würde noch kommen, dessen war sie sich sicher. Sie drängte sich in den Schatten der Wand und wartete. Nach einer Stunde überkamen sie die ersten Zweifel, nach weiteren zwei Stunden überkam sie Verzweiflung. Als die Sonne aufging, hatte

sie Gewissheit … er würde nicht mehr kommen. Er hatte sie belogen. Sein Stand war ihm wichtiger als sie. Sie war betrogen worden. Was sollte sie nun tun? Alleine war es ihr nicht möglich, den Kaiserpalast zu verlassen. Also schlich sie sich zurück in ihr Gemach und weinte. Mit etwas Glück würde der Kaiser nicht misstrauisch werden. Der Wein hatte ihn schläfrig werden lassen. Aber alle ihre Zukunftspläne waren nun zerstört.

Als die Sonne aufgegangen war, kamen die Palastwachen, um sie zu holen. Sie erfuhr, dass der Kaiser in dieser Nacht verstorben war. Der Heiler hatte einen überstarken Schaftrunk als Todesursache diagnostiziert. Nach Aussagen der Wachen war sie die Letzte, die den Kaiser lebend gesehen hatte.

*Ten Ling*

# Greta, die Bäckerin

Es war früh am Morgen, die Sonne dachte noch nicht daran aufzugehen und die Vögel schliefen noch auf ihren Ästen, als Greta den kleinen Backraum ihres Häuschens betrat. Sie band sich ihre, wie immer blütenweiße, saubere Schürze um und machte sich daran, den Ofen anzuheizen. Es gab viel zu tun. Sie musste sich ranhalten, um rechtzeitig fertig zu werden, denn es war Sonntagmorgen und sonntags herrschte in ihrer kleinen Bäckerei besonders viel Andrang. Da gönnten sich sogar die Dorfbewohner, die es sich sonst nicht leisten konnten, eines ihrer berühmten Brote. Sie waren weich und luftig. Kein Vergleich mit dem, was die Dorfbewohner gewöhnlich aßen. Sie hatte lange und hart daran arbeiten müssen, diesen Ruf im Dorf zu erlangen.

Greta schaffte Mehl und Wasser heran und gab alles in den großen Knettrog. Die Arbeit fiel ihr nicht leicht, ihre Behinderung machte ihr dabei zu schaffen, aber sie hatte gelernt, damit umzugehen. Seit ihrer Geburt war sie mit dieser Verkrüppelung gestraft. Ihre ganze Kindheit hatte sie darunter gelitten. Sie war wegen ihres Buckels und des Beins, das sie nur nachziehen konnte, gehänselt worden. Die anderen Kinder hatten sie ausgeschlossen und sie nicht an ihren Spielen teilnehmen lassen. Die Dorfbewohner hatten hinter ihrem Rücken getuschelt und mit dem Finger auf sie gezeigt. Sogar der Pfarrer hatte von der Kanzel etwas von Gottes Strafe gepredigt, ohne dass Greta sich jemals einer Schuld bewusst gewesen wäre, die sie hätte büßen müssen.

Wenn sie allein war, meist morgens in ihrer Backstube, ging ihr all das nicht aus dem Kopf. Es würde sie niemals loslassen, wenn sie nicht endlich mit all dem abschloss. Auch ihre Eltern hatten sie nie geliebt, für sie war sie ein Nichtsnutz, eine unnötige Belastung. So sehr sie sich auch bemühte, sie konnte nie dieselbe Leistung erbringen wie ihre Geschwister. Sie konnte nicht so hart auf dem Feld arbeiten und bei den Hausarbeiten wirkte sie ungeschickt und tollpatschig. Greta wusste, dass sie ihren Eltern tot lieber gewesen wäre. Dann hätten sie einen unnötigen Esser weniger gehabt. Manchmal hatte Greta ihren Wunsch geteilt.

Doch sie überlebte und wurde erwachsen und mit der Zeit begann sich ihr Selbstbewusstsein zu entwickeln, trotz allem, was sie durchmachen musste. Sie wollte nicht länger ein unnützes Mitglied der Gesellschaft sein. Und sie hatte einen Wunsch.

Auf der Suche nach ihrem Platz im Leben begegnete sie dem Bäcker des Dorfes. Er war ein guter Mann und hatte Mitleid mit ihr. Er nahm sie in die Lehre und brachte ihr alles bei, was er wusste. Es dauerte nicht lange, bis sich Gretas Talent herausstellte. Ihr machte die Arbeit Spaß und es störte sie keineswegs, mitten in der Nacht aufzustehen, solange sie ihr Ziel vor Augen hatte. Durch den Bäcker erlebte Greta zum ersten Mal in ihrem Leben, was es hieß, respektiert und gemocht zu werden. Doch der Mann war alt und starb, kurz nachdem Greta ihre Lehre beendet hatte. Da ihm das Glück im Leben auch nicht hold gewesen war und er früh Frau und Kinder verloren hatte, vererbte er Greta die Bäckerei und das kleine Haus, das damit verbunden war. So war Greta unerwartet zu ein wenig Besitz gekommen und damit wuchs, ebenso unerwartet, ihr Ansehen. Menschen, die sie früher gehänselt und verspottet hatten, grüßten sie mit einem Mal freundlich. Greta ließ es sich niemals anmerken, wie zuwider ihr diese Art war. Sie grüßte stets freundlich zurück und niemand würde erahnen, was in ihrem Inneren vorging. Es fiel ihr auch jetzt, nach so vielen Jahren, noch schwer, die Leute freundlich über den Ladentisch zu bedienen, die ihr all das angetan hatten. Ihre Eltern lebten nicht lange genug, um den Erfolg ihrer Tochter mitzuerleben, und das war auch gut so. Sie hatte ihren Eltern keine Träne nachgeweint.

Greta brauchte ihre Eltern nicht. Sie brauchte keinen Menschen. Die Menschen selbst hatten ihr beigebracht, ohne sie auszukommen. Sie hatte ein Ziel und dafür arbeitete sie hart. Sie verdiente zwar nicht viel mit ihren Broten, aber da Greta auch nicht viel zum Leben brauchte, hatte sie sich bald ein wenig Geld zusammengespart. Genug Geld, um sich ihren Traum zu erfüllen.

Greta knetete den Teig so sorgfältig und mit so viel Liebe, wie sie es noch nie zuvor getan hatte. Zum Schluss kam die Hefe dazu. Ein letztes Mal ordentlich durchkneten, fertig. Während der Teig ging, schürte Greta noch einmal das Feuer im Ofen. Sie setzte sich für einen Moment hin und ruhte sich aus, bevor die Brote geformt werden mussten und in den Ofen kamen.

Jetzt, wo sie an dem alten Tisch in ihrer Backstube saß, konnte sie ihren Gedanken nachhängen und zum ersten Mal ihre Vorfreude richtig genießen. Schließlich war heute der große Tag, heute würde sich ihr Traum erfüllen, für den sie so hart gearbeitet hatte. Für diesen Tag hatte sie ihre ganzen Ersparnisse ausgegeben. Dafür hatte sie sogar ihre Bäckerei geschlossen und den langen und schwierigen Weg in die nächste Stadt auf sich genommen. Es war nicht leicht gewesen, jemanden zu finden, der ihr ihren Traum erfüllen wollte. Sie hatte vorsichtig sein müssen, doch schließlich war es ihr gelungen, die passende Person ausfindig zu machen. Gott sei Dank gab es immer jemanden, der bereit war, für Geld keine Fragen zu stellen. Schließlich war Greta mit ihrem Schatz, den sie besser hütete als alles andere, ins Dorf zurückgekehrt und die Menschen hatten noch am selben Tag vor ihrer Bäckerei Schlange gestanden, da sie ihre Brote vermisst hatten. Greta hatte es mit Zufriedenheit zur Kenntnis genommen. All das sicherte ihr die Erfüllung ihres Lebenstraums.

Jetzt war es an der Zeit. Der Teig war fertig und herrlich aufgegangen. Die

Sonne zeigte sich bereits als erster, dünner Streifen goldenen Lichts am Horizont. Jetzt fehlte nur noch eine letzte Zutat, die garantieren würde, dass es dieses Mal ein ganz hervorragendes Brot werden würde. Das beste, das sie je gebacken hatte. Die Dorfbewohner würden über alle Maßen beeindruckt sein. Greta holte ihren Schatz aus seinem Versteck unter den Bodendielen hervor und gab ihn in den Teig. Alles musste noch einmal gut durchgeknetet werden, dann konnte sie mit dem Backen beginnen. Sie musste sparsam sein. Es durften nicht zu wenige Brote werden, heute sollte jeder eines bekommen.

Als die Sonne aufgegangen war, türmten sich Unmengen herrlich duftender, goldbrauner Brote auf ihrem Ladentisch. Greta betrachtete ihr Werk zufrieden und wischte sich die mehligen Finger an der Schürze ab, bevor sie sie abnahm. Sie legte sie ordentlich zusammen und in den Schrank zurück. Sie würde sie nicht mehr brauchen. Dann öffnete sie ihren Laden. Die ersten Dorfbewohner warteten bereits vor der Tür, um eines der frisch gebackenen, herrlich duftenden Brote zu bekommen. Noch bevor die Kirche begann, hatte Greta den größten Teil ihrer Brote verkauft. Heute war das Verkaufen besonders anstrengend, denn es durfte nichts vergessen werden. Heute musste über alles genau Buch geführt werden. Greta ging nicht in die Kirche. Es schien ihr an diesem Tag nicht angebracht. Nachdem der Pfarrer seine Predigt beendet hatte, verkaufte sie ihre restlichen Brote. Das allerletzte, Greta empfand es als sehr passend, erhaschte der Pfarrer selbst, und man konnte ihm seine Freude darüber deutlich anmerken. Gretas Freude war nicht weniger groß.

Dann schloss Greta ihren Laden. Ein wenig Wehmut verspürte sie dabei schon, als ihr bewusst wurde, dass es das letzte Mal sein würde. Sie musste sich irgendwo ein neues Leben aufbauen. Hinkend begab sie sich in ihren Schlafraum und machte sich daran, das Nötigste zusammenzupacken.

Als Greta am Nachmittag das Dorf verließ, lag es ausgestorben da. Es gab keine spielenden Kinder, keine tratschenden Frauen und keine Reden schwingenden Männer. Es war weit und breit keine lebende Seele mehr aufzufinden.

Greta blickte ein letztes Mal zurück, als sie das Dorf über die Hauptstraße verließ, und lächelte dabei zufrieden. Zum ersten Mal in ihrem Leben war sie vollkommen glücklich. Sie hatte mit ihrer Vergangenheit abgeschlossen, nun konnte sie ein völlig neues Leben beginnen.

*Greta, die Bäckerin*

# Elisabeth

Sie schlug die Augen auf. Undurchdringliche Schwärze umgab sie. Die Luft war schwül und stickig. Elisabeth fiel das Atmen schwer, während sie ruhig liegen blieb und darauf wartete, dass sich ihre Augen an die Dunkelheit gewöhnten. Ihre Lungen schmerzten bei jedem Atemzug. Die Schwindsucht hatte sie geschwächt. Sie fühlte eine bleierne Mattigkeit auf sich ruhen. Sie hatte Durst. Die Zunge klebte ihr am Gaumen und ihre Lippen waren trocken.

Einige Zeit verging, doch es veränderte sich nichts. So sehr sie sich auch bemühte, ihre Augen konnten keinen Anhaltspunkt in der Dunkelheit ausmachen. Wo immer sie sich befand, nicht der kleinste Lichtschein drang in den Raum hinein. Sie lag hart, ihr Rücken schmerzte. Sie versuchte, sich ein wenig zu bewegen. Warum hatte man ihr die Hände auf die Brust gelegt? Jetzt erst spürte Elisabeth, dass ihre Hand etwas umklammert hielt. Vorsichtig betastete sie den Gegenstand, den man ihr in die Hand gelegt hatte. Es war ein Kreuz.

Eine schreckliche Erkenntnis erfasste sie. Der Schrei des Entsetzens verwandelte sich jedoch in einen schmerzenden Hustenanfall, als sie scharf die schlechte Luft einzog. Sie warf den Kopf zur Seite, um dem beklemmenden Gefühl des Erstickens zu entkommen, und ihr Kopf schlug hart gegen das Holz. Panik stieg in ihr auf. Ihr Herz schlug so heftig, dass ihr Blut in ihren Ohren dröhnte. Das Husten wollte nicht aufhören, solange sich ihr rasender Atem nicht beruhigte. Es erfüllte den kleinen Raum, der sie umgab. Sie spürte, wie Blut aus ihren Lungen aufstieg und ihr aus dem Mund lief. Es blieb ihr gerade so viel Platz, um sich auf die Seite zu drehen. Sie versuchte, die Beine anzuziehen, doch sie stieß wieder auf glattes Holz. Tränen

der Verzweiflung rannen über ihre Wangen.
Elisabeth hatte keine Ahnung, wie lange es dauerte, bis sie sich so weit beruhigt hatte, dass sie aufhören konnte zu husten und nur noch ihr raschelnder Atem den winzigen Raum um sie herum erfüllte. Ihr Kopf schmerzte entsetzlich vor lauter Angst. Sie versuchte zu schreien, doch außer einem heiseren Krächzen drang kein Laut aus ihrer trockenen, geschundenen Kehle. Ihre Tränen waren versiegt. Sie konnte nicht mehr weinen. Es war zu viel.
Obwohl die Angst vor der Gewissheit eigentlich zu groß war, begann Elisabeth, den Raum um sich herum abzutasten. Glattes Holz umgab sie zu allen Seiten und ließ ihr nur wenig Platz, sich zu bewegen. Bereits jetzt hatte sie kaum noch genug Kraft, um zu atmen, trotzdem, nur von der Verzweiflung getrieben, versuchte sie, die Nägel in das Holz über sich zu graben . Immer wieder glitt sie ab, fand nicht den kleinsten Punkt, an dem sie ansetzen konnte, und trotzdem versuchte sie es immer weiter. Ihre Fingernägel brachen ab und begannen zu bluten. Sie versuchte es so lange, bis sie letztlich nicht mal mehr die Kraft hatte, die Hand zu heben. Sie konnte nichts mehr tun, nicht einmal schreien. Die Erkenntnis, dass es ohnehin wahrscheinlich keinen Sinn hatte, war nicht sonderlich tröstlich. Trotzdem kehrte mit der Erkenntnis, dass es nichts gab, was sie retten würde, eine merkwürdige Ruhe in ihr ein. Es war vorbei. Durch ihre Krankheit war sie ohnehin dem Tod geweiht. Sie griff nach dem kleinen Kruzifix, das man ihr zur letzten Ruhe mitgegeben hatte, und drückte es sich wieder an die Brust. Dann betete sie, dass die Erlösung bald kommen möge. Wie lange konnte sie hier wohl noch überleben, lebendig begraben und zum hoffnungslosen Ausharren verurteilt? Wann würde sie wohl aus ihrem dunklen Grab befreit werden?
Während sie so dalag und ihre Gedanken kreisten, glaubte sie, spüren zu können, wie ihr Geist sich immer weiter von ihrem dahinsiechenden, schmerzenden Körper entfernte …
Elisabeth erwachte. Erleichterung durchflutete sie, als wäre ihr soeben ein neues Leben geschenkt worden. Es war alles nur ein furchtbarer Albtraum

gewesen. Sie schlug die Augen auf. Undurchdringliche Schwärze umgab sie. Die Luft war schwül und stickig …

*Elisabeth*

# Jaqueline

Die Menge tobte. Das Volk war in Aufruhr. Jaqueline konnte in die erhitzten und geröteten Gesichter blicken und sowohl den Hass, der in den Köpfen der Menschen herrschte, als auch die Begeisterung über die gelungene Revolution sehen.
Sie hatten sich gemeinsam erhoben, gemeinsam gekämpft und gemeinsam gesiegt. Jaqueline jedoch gehörte nicht zu den Gewinnern der Revolution. Sie gehörte zu denen, die mit der Erhebung des Volkes alles verloren hatten, was sie besaßen, teilweise bis hin zu ihrem eigenen Leben.
Sie stand etwas erhöht mit einigen anderen zusammen. Das Volk drängte sich unter ihr dicht um den Richtplatz herum. Auf einem Holzpodest stand die Guillotine und erwartete ihre Opfer. Und das Volk erwartete den Beginn des Spektakels. Jaqueline beobachtete mit emotionslosem Gesicht, wie sie jubelnd die Fäuste hoben. Sie selbst hatte keine Gefühle mehr, die sie zum Ausdruck bringen konnte. Sie hatte bereits alles getan. Sie hatte geweint, gefleht, geschrien, gebettelt und die Welt verflucht. Es war alles vergebens gewesen. Das Urteil war unumstößlich gefällt worden, die Vollstreckung stand kurz bevor. Es würde keine Möglichkeit auf Begnadigung geben. Jaqueline wusste um die Endgültigkeit der Situation. Sie wusste, dass es keinen Funken der Hoffnung mehr gab. Ihr einziger und letzter Trost war das Wissen, dass es schnell gehen würde. Man sagte, die Guillotine würde kaum Schmerzen verursachen. Aber wen konnte man schon nach einer direkten Erfahrung befragen?
Der Scharfrichter hatte sich eine schwarze Kapuze über das Gesicht gezogen und auch sein Gehilfe war mit einem schwarzen Tuch vermummt, obwohl ohnehin jeder wusste, wer sich darunter verbarg. Der Gehilfe hatte die Auf-

gabe, dafür zu sorgen, dass die Hinzurichtenden in einer ordentlichen Reihe standen, während der Scharfrichter noch einmal die Funktion der Guillotine überprüfte. Es zischte leise, als das blank polierte Metall durch die Schiene rutschte. Und als es dann mit einem harten Schlag auf dem Holzklotz aufschlug, krampfte sich Jaquelines Herz unwillkürlich zusammen. Obwohl sie nicht geglaubt hatte, dass sie noch einmal in ihrem Leben zu irgendeiner Empfindung fähig sein würde, spürte sie nun, wie Angst und Verzweiflung in ihr aufstiegen. Tränen begannen unkontrolliert über ihr Gesicht zu laufen, ohne dass sie was dagegen hätte tun können. Wenn es ihr möglich gewesen wäre, wäre sie davongelaufen, aber sie zwang sich, stehen zu bleiben.

Die Schneide blitzte im Sonnenlicht, als sie erneut hinaufgezogen wurde. Dann begann der Scharfrichter mit seinem grausigen Tagewerk. Der erste Hinzurichtende wurde zur Guillotine geführt. Jaquelines Panik steigerte sich bis zur Übelkeit. Sie konnte nicht in sein Gesicht blicken, aber sie wusste, dass es dieselbe hoffnungslose Leere ausdrückte wie das ihre. Er wurde mit dem Gesicht nach unten auf die Bank gelegt und sie glaubte, selbst das harte, unnachgiebige Holz an ihrem Körper spüren zu können. Die hölzerne Halskrause schloss sich erdrückend eng um den Hals und besiegelte mit einem ‚Klacken' die Endgültigkeit. Einen Augenblick lang glaubte Jaqueline, sie würde gleich die Besinnung verlieren, als sie das makabere Schauspiel beobachtete, doch sie zwang sich mit all ihrer verbliebenen Kraft, dagegen anzukämpfen. Sie wollte um jeden Preis Herr über ihren Körper und Geist bleiben.

Der Gehilfe gab das Zeichen, dass alles bereit war, und nach einem kurzen, künstlerischen Moment, um sich der ganzen Aufmerksamkeit des Volkes zu versichern, löste der Scharfrichter den Mechanismus aus, der die Klinge unaufhaltsam nach unten sausen ließ. Das Volk hielt gebannt den Atem an. In diesem Augenblick war es völlig still auf dem Richtplatz. Bis dann die Klinge mit einem überlauten Geräusch den Kopf vom Rumpf trennte. In diesem Moment brach der Jubel der wartenden Menge aus und Jaqueline spürte, wie sie übermächtiger Schwindel erfasste. Die Beine versagten ihr ihren Dienst und sie musste sich auf die Treppenstufe sinken lassen, auf der sie stand. Der Scharfrichter hielt den Kopf des Exekutierten in die Höhe, wie zum Beweis, dass er tatsächlich sein Ende gefunden hatte. Die Augen des vom Tode entstellten Gesichts starrten grausig leblos auf die jubelnde Menge herab. Jaqueline spürte die misstrauischen Blicke der Umstehenden auf sich ruhen, als sie hemmungslos zu weinen begann. Der Graf, ihr heimlicher Geliebter, hatte soeben sein Leben durch die Hände der Revolutionäre verloren. Und mit ihm war auch für Jaqueline jeder Sinn im Leben gestorben.

*Jaqueline*

# Anna

Leichter Nieselregen hatte eingesetzt. Die Nässe ließ das schmutzige Kopfsteinpflaster rutschig werden. Anna musste ihren Rock raffen und auf ihre Schritte achten, als sie weiter durch die engen Sträßchen der Stadt ging. Es war wahrlich nicht die beste Gegend, in der sie sich befand. Je weiter sie in die engen Gassen vorstieß, umso mehr wurde die Umgebung zum Armutsviertel. Wohin man sah, es gab nur ärmliche Behausungen und hager wirkende Menschen in zerlumpter Kleidung. Die Kinder strotzten vor Dreck und die Armut war fast greifbar. Hier lebten die Menschen, die von der Gesellschaft vergessen worden waren. Anna fühlte sich unwohl und sie raffte ihr Tuch enger um die Schultern. Sie war nicht an so viel Elend gewöhnt, denn sie war in besseren Verhältnissen aufgewachsen. Zwar waren sie und ihre Mutter auch nie reich gewesen, aber im Vergleich zu den Menschen, in deren Welt sie nun vorgedrungen war, hatte sie im Himmel gelebt. Ihre Mutter war Hausmädchen in einer der angesehensten Familien der Stadt gewesen. Sie hatte hart arbeiten müssen, aber dafür war sie auch nicht schlecht entlohnt worden. Außerdem hatte sie mit ihrer Tochter in einem kleinen Nebengebäude des Herrenhauses leben dürfen und Anna hatte eine gute Schulausbildung bekommen. Sie hatten sich nicht beklagen können. Und an dem Tag, als ihre Mutter gestorben war, hatte Anna, die gerade zwanzig Jahre alt geworden war, das Angebot bekommen, ihre Stellung zu übernehmen. Und auch wenn die Trauer überwältigend gewesen war, so hatte sie das Angebot doch gerne angenommen.

Anna blickte sich nach einem Straßenschild suchend um. Die kleinen Gässchen waren sehr verwinkelt und unübersichtlich. Vielleicht hatte sich die alte Frau geirrt, die sie vor einiger Zeit nach dem Weg gefragt hatte. Obwohl sie ihren stockenden Anweisungen genau gefolgt war, konnte sie noch nirgendwo den Straßennamen entdecken, den sie suchte. War sie vielleicht doch falsch gelaufen? Die Menschen um sie herum beäugten sie misstrauisch. Sie konnten sich einen rechten Reim darauf machen, was so eine feine Dame in ihrer Gegend zu suchen hatte. Meistens hatte so etwas nichts Gutes zu bedeuten. Anna haderte einen Augenblick mit sich, dann holte sie noch einmal den schon recht verknitterten Zettel hervor und wandte sich an einen Mann mit abgewetzter Jacke und zerbeulter Melone, um sich noch einmal nach dem Weg zu erkundigen. Der Mann murmelte unfreundlich eine knappe Wegbeschreibung in seinen struppigen Bart und ging dann eilig weiter, als wolle er für nichts in der Welt etwas mit ihr zu tun haben. Anna blieb zurück und blickte verzweifelt in die gewiesene Richtung, die sie nur noch weiter in das verwirrende Geflecht enger Gässchen führen würde. Hoffentlich würde die ganze Mühe nicht umsonst sein. Sie konnte sich kaum vorstellen, dass ihr Vater wirklich hier leben sollte. Das mulmige Gefühl nahm noch weiter zu, als sie sich wieder auf den Weg machte. Die Regenwolken verdunkelten den Himmel und die grau-trübe Atmosphäre ließ die Gegend noch ungastlicher wirken. Obwohl sie lieber wieder nach Hause gegangen wäre und ihren freien Tag vor ihrem kuscheligen Kamin verbracht hätte, riss sie sich zusammen. Sie wollte endlich ihren Vater kennenlernen, von dem sie bis vor Kurzem nicht einmal wusste, dass er noch lebte. Ihre ganze Kindheit über hatte ihre Mutter ihr und dem Rest der Welt erzählt, dass er verstorben sei. Das war der einzige Weg für sie gewesen, ein ehrvolles Leben zu leben. Hätte sie jemals irgendjemandem gebeichtet, dass es sich bei Anna um ein uneheliches Kind handelt, dessen Vater sie einfach hatte sitzen lassen, wäre es um ihren Ruf und ihre Ehre geschehen gewesen. Erst kurz vor ihrem Tod hatte sie Anna ihr Geheimnis gebeichtet und ihr den Namen ihres Vaters genannt. Zuerst war für Anna eine Welt zusammengebrochen, doch dann hatte sie sich gefreut und nichts unversucht gelassen, bis sie zu dem Namen auch eine Adresse hatte. Und die hatte sie hierher geführt.

Jetzt, wo sie hier war, war sie sich gar nicht mehr so sicher, ob sie sich wirklich darüber freute. Trotzdem wollte sie ihrem Vater wenigstens ein einziges Mal im Leben ins Gesicht geblickt haben. Mehr wollte sie gar nicht. Ihre Mutter hatte ihr erzählt, sie würde ihn daran erkennen, dass er dasselbe Muttermal auf dem rechten Handrücken hat wie Anna selbst. Noch gab es ja auch die Hoffnung, dass dies gar nicht der richtige Mann war, sondern ein anderer, der lediglich denselben Namen trug. Dann würde sie einfach weitersuchen müssen. Aber sie würde es nur herausbekommen können, wenn sie jetzt nicht kehrtmachte, auch wenn es ihr schwer fiel.

Die Gasse, in die sie nun einbog, war noch enger, sodass sich die schiefen und verfallenen Häuser fast über ihr berührten. Aus dem modrigen Geruch wurde ein beißender Gestank. Anna presste sich ihr wollenes Schultertuch vor den Mund, um den penetranten Geruch zumindest ein wenig zurückzuhalten. Die Behausungen, an denen sie vorbeikam, glichen mehr dunklen Höhlen. Hierher verirrte sich kaum noch eine Menschenseele, zumindest begegnete ihr keine mehr. Die Menschen, die hier lebten, hatten sich wahrscheinlich so tief es ging in ihren Unterschlupfen verkrochen. Anna vermutete, dass es sich dabei ohnehin um viel lichtscheues Gesindel handelte.

Annas innerer Widerstand wuchs. Sie musste immer stärker gegen den Drang ankämpfen, umzukehren und die ganze Sache einfach zu vergessen. Wollte sie ihren Vater wirklich hier treffen? Wollte sie es wirklich wissen?

Anna verharrte. Das mulmige Gefühl ließ sich einfach nicht mehr ignorieren. Wer wusste schon, welche düsteren Gestalten dort im Dunkeln lauerten?

Anna hatte sich fast zu der Erkenntnis durchgerungen, dass die Angst größer war als die Neugier und sie lieber umkehren wollte, als sich etwas in einer der dunklen Ecken vor ihr regte. Ein Mann, klein und hager, sprang vor ihr in die enge Gasse und versperrte ihr den Weg. In der Hand hatte er etwas, das er Anna vor das Gesicht hielt. Es dauerte einige Augenblicke, bis sie im düsteren Licht erkennen konnte, was es war – eine Pistole. Anna war

starr vor Schreck, ihr Herz setzte einen Schlag aus.
»Gib mir dein Geld!«, zischte der Mann und fuchtelte dabei mit der Waffe herum.
Anna brauchte einen Moment, bis sie sich aus ihrer Starre lösen konnte, dann griff sie langsam nach dem Geldbeutel, den sie unter ihrem Tuch verborgen hatte, und hielt ihn dem Mann hin. Der griff hastig danach und stopfte ihn in die Tasche seiner zerrissenen Hose. Anna schickte ein Stoßgebet zum Himmel, dass er hoffentlich jetzt wieder so schnell verschwinden würde, wie er aufgetaucht war. Das Geld konnte er ruhig haben, es war eh nicht viel, was sie bei sich trug, solange er ihr nichts tat. Doch der Mann verschwand nicht.
»Und den Schmuck«, forderte er stattdessen und starrte dabei auf die Kette, die sie um ihren Hals trug.
»Nicht die Kette!« Annas Hand umklammerte unwillkürlich den kleinen Anhänger. Es war das einzige Schmuckstück, das sie von ihrer Mutter geerbt hatte, und sie trug es immer als Talisman bei sich. Das konnte und wollte sie dem Fremden nicht überlassen.
»Gib schon her!« Der Mann ließ die Pistole sinken und griff mit der anderen Hand nach der Kette, die Anna immer noch umklammert hielt, um sie ihr vom Hals zu reißen. Alles in Anna weigerte sich, ihm dieses Andenken an ihre Mutter zu überlassen, und ohne darüber nachzudenken, was sie tat, leistete sie Widerstand. Sie wehrte sich, so gut sie konnte, und da der Mann kaum größer als sie selbst war und dazu noch schlecht genährt, konnte sie durchaus gegenhalten. Es kam zu einer regelrechten Rangelei und gerade, als Anna in all diesem Durcheinander darüber nachzudenken begann, was sie da eigentlich tat, fiel der Schuss. Es war so laut, dass es ihr fast das Trommelfell zerriss. Er musste sich aus der Pistole des Mannes gelöst haben. Die Gedanken drängten sich nach und nach langsam in Annas Gehirn und sie merkte, dass sie erstarrt war. War sie getroffen? Sie spürte keinen Schmerz. Langsam blickte sie an sich herunter. Einige Blutspritzer befanden sich an

ihrem Kleid. Jetzt gab der Mann, der auch in seinen Bewegungen innegehalten hatte, ein merkwürdiges Geräusch von sich. Dann fiel er tot zu Boden. Anna gab einen entsetzten Laut von sich. Auf seiner Brust befand sich ein großer Blutfleck und auf der Hand, die nun auf der Wunde lag, entdeckte sie ein Muttermal.

*Anna*

# Charlotte

Es war tiefste Nacht. Die große Kastenuhr auf dem Treppenabsatz hatte bereits zwei geschlagen. Charlotte lag auf ihrer Seite des großen Ehebetts und quälte sich. Sie wälzte sich unruhig hin und her und ihre Gedanken kreisten. Wie lange war die Bettseite neben ihr nun schon verwaist? Es waren bestimmt schon zwei Stunden vergangen, seit ihr Mann sich auf leisen Sohlen aus dem Zimmer geschlichen hatte, sehr darauf bedacht, dass Charlotte nicht erwachte. Doch diese Bemühungen waren umsonst, denn seine Frau hatte bereits zu diesem Zeitpunkt wach gelegen. Sie hatte sich nur schlafend gestellt und darauf gewartet, dass ihr Gemahl das eheliche Schlafzimmer verließ, denn es war immer, jede Woche, dieselbe Nacht, in der er sich hinausschlich.

Die Eifersucht zerfraß Charlotte langsam. Wie lange wusste sie es schon? Vier Wochen? Vielleicht auch fünf? So zu tun, als ob sie nichts wusste, wurde immer schwieriger. Es war abscheulich, den Schein wahren zu müssen, ihm ins Gesicht zu lächeln und die liebende Gattin zu spielen. Sie ekelte sich davor, seine Zärtlichkeiten über sich ergehen lassen zu müssen, mit dem Wissen, dass er sich regelmäßig in die Arme einer anderen legte. Wenn er ihr seine Liebe schwor, hätte sie ihm jedes Mal am liebsten ins Gesicht geschlagen.

Noch hatte sie keine Ahnung, wer sie war, und sie spürte, wie diese Ungewissheit sie langsam in den Wahnsinn trieb. Sie war nervös, zittrig und litt unter Herzrasen. Hinter jedem Dienstmädchen mochte sich die Rivalin verbergen. Manchmal erschien es ihr, als würden die Dienstboten hinter ihrem Rücken tuscheln. Wahrscheinlich wusste es bereits das ganze Haus, nur sie stand als unwissendes und einfältiges Frauchen da. Immer öfter ertappte

sie sich dabei, dass sie ihre Hausangestellten belauschte. Und das als Herrin dieses Anwesens. Oder er ließ sie gar aus der nahe gelegenen Stadt ins Haus kommen. Hatte sie, als sie das letzte Mal flanieren war, nicht gehört, dass die Nichte der alten Miss Black bei dieser zu Gast war und zu bleiben gedenke, da sie sich einen reichen Verehrer angelacht hatte? Beim letzten Wohltätigkeitsball hatte sie der jungen und hübschen Frau kaum in die Augen sehen können, dabei hätte sie sie ihr am liebsten ausgestochen. Wahrscheinlich wusste es sogar schon die ganze Stadt und man zerriss sich das Maul über sie. So konnte es auf keinen Fall weitergehen. Es musste etwas geschehen.
Bisher hatte Charlotte es nicht gewagt, der Sache auf den Grund zu gehen. Sie hatte in ihrem Bett ausgeharrt und gewartet, bis ihr Mann zurückkehrte, manchmal erst in den frühen Morgenstunden. Doch heute würde es anders sein. Sie würde ihn auf frischer Tat stellen und damit der Heimlichtuerei ein Ende setzen. Mit weit aufgerissenen Augen lag Charlotte auf dem Rücken und starrte an die Decke ihres prächtigen Schlafgemachs. Noch fehlte ihr der letzte Funken Mut. Die Eifersucht kochte in ihr und drückte ihr gleichzeitig die Kehle zu. Was würde sie tun, wenn sie ihren Gatten in flagranti erwischte? Sie wusste es nicht, konnte es sich nicht vorstellen. Das würde sich ergeben. Egal was, es musste sein.
Die Uhr schlug drei. Jetzt oder nie. Charlotte schwang sich aus dem Bett und streifte ihren roséfarbenen Morgenrock über das lange, weite Nachthemd. Dann warf sie einen Blick aus dem Fenster. Es stand nur die Kutsche des Hauses im Hof. Also war ihr Mann noch im Haus oder er hatte sich wie ein Dieb zu Fuß hinausgeschlichen.
Barfuß verließ Charlotte das Schlafzimmer. Der Boden war kalt, aber sie wollte kein verräterisches Geräusch verursachen. Auf dem Treppenabsatz verharrte sie einen Augenblick. Im Haus war es totenstill. Nichts rührte sich. Die Kinder schliefen. Die Angestellten hatten sich in ihren Trakt zurückgezogen … vielleicht nicht alle. Erneut kochte es in Charlotte auf. Sie stieg langsam die Treppen hinunter, wagte es dabei kaum zu atmen, und

erreichte die große Halle. Im Haus war es dunkel. Es war bewölkt, sodass kein Mondlicht durch die großen Fenster fiel. Es brauchte eine Weile, bis sie etwas in der Dunkelheit erkennen konnte. Suchend blickte sie sich um, ob es irgendwo ein Anzeichen gab. Da, unter der Tür zum Arbeitszimmer ihres Mannes, schien ein kaum zu erkennender Lichtschein hindurch. Es konnten kaum mehr als ein oder zwei Kerzen dort brennen … doch das würde wohl genügen. Charlotte erstarrte, konnte die Augen nicht von der Tür abwenden. Vor ihrem geistigen Auge erschienen hässliche Bilder, wie sich ihr Mann auf dem großen Sofa vergnügte … vielleicht mit dem hübschen, blonden Küchenmädchen oder der neuen jungen Kinderfrau, die ihn immer so keck anlächelte. Charlottes Herz schlug ihr bis zum Hals, ihre Gedanken rasten, bis nur noch ein wirres Durcheinander in ihrem Kopf herrschte. Hastig wandte sie sich ab, wollte zuerst wieder die Treppe hinaufsteigen und sich verkriechen, doch dann fiel ihr Blick auf das Gewehr ihres Mannes, das neben dem Kamin an der Wand lehnte, wo er es heute nach der Jagd abgestellt hatte. Ohne sich selbst wirklich bewusst zu sein, was sie tat, ging sie hinüber und nahm es in die Hand. Das Metall fühlte sich kühl an. Es hatte tatsächlich etwas Beruhigendes an sich. Heute würde sie zeigen, dass man sie nicht einfach hinterging. Es würde nur eine kleine Warnung sein. Der Schreck würde gehörig sein.
Vorsichtig pirschte sich Charlotte an die Tür des Arbeitszimmers heran und legte ein Ohr an das Holz. Sie musste angestrengt lauschen, um etwas zu vernehmen. Sie hörte ihren Mann etwas flüstern, konnte aber nicht verstehen, was er sagte. Eine Frauenstimme vernahm sie nicht … aber warum auch, Charlotte hatte dabei meist auch nicht viel zu sagen.
Sie umfasste das Gewehr fester, entschloss sich dann, es hochzunehmen. Sie hatte nicht vor, es zu benutzen, der Schreck allein würde genügen. Wahrscheinlich war es ohnehin nicht geladen. Ihr Mann brachte nie ein geladenes Gewehr mit ins Haus. Trotzdem krampfte sich ihr Zeigefinger wie von selbst um den Abzug.

Ihre andere Hand umschloss den Messinggriff der Tür. Sie zögerte erneut. Sollte sie die Tür ruckartig öffnen oder sich vorsichtig hineinschleichen, um den dort anwesenden Personen wenigstens noch die Möglichkeit zu geben, sich zu bedecken? Wollte sie es überhaupt wirklich wissen? Was würde nach dieser Nacht werden? Wie würde es weitergehen? Charlotte fand in diesem Augenblick keine Antworten auf all diese Fragen, doch ihr Herz sagte ihr, dass es jetzt kein Zurück mehr gab. Alles würde besser sein als diese zermürbende Ungewissheit.
Sie atmete noch einmal tief durch, dann noch einmal … jetzt ein letztes Mal, nun musste es sein. Beherzt drehte Charlotte den Messingknauf und stieß die Tür auf. Sie trat mit zwei großen Schritten in das Arbeitszimmer. Es dauerte nur wenige Sekunden. Zuerst sah sie ihren Mann. Vollständig mit Pyjama und Morgenmantel bekleidet, wie sie zufrieden feststellte. Entsetzen stand ihm ins Gesicht geschrieben … und Angst. Alles deutete darauf hin, dass er bei irgendetwas ertappt worden war. Seine Augen wanderten zu einem Punkt rechts von Charlotte. Sie folgte seinem Blick und drehte sich hastig nach rechts. Sie konnte gerade noch den erschrockenen Gesichtsausdruck wahrnehmen, bevor sich der Schuss löste. Das Schrot durchlöcherte den Stoff der Uniform, die er trug, und hinterließ dort unzählige kleine, schwarze Punkte. Das Licht seiner Augen erlosch und er brach tot über dem Tisch zusammen. Sein Blut floss auf die Pläne der Revolution.

*Charlotte*

# Kathrine

Die Hitze wallte ihr mit einer Erbarmungslosigkeit entgegen, als sie ins Freie trat, dass es ihr sofort den Schweiß aus jeder Pore trieb. In dem Bahnhofsgebäude war es nach der entsetzlich langen Zugfahrt in der senkenden Sommersonne fast erfrischend kühl gewesen, doch jetzt drückte die Hitze wieder mit ganzer Last auf ihren Schultern.
Kathrine blieb einen Augenblick stehen und ließ den Blick über den fast menschenleeren Bahnhofsvorplatz schweifen. Es war der heißeste Sommer seit Jahren und jeder, der nicht zwingend vor die Tür musste, blieb lieber in den schützenden Wänden seiner Wohnung. Sehnsüchtig blieb Kathrines Blick an der Reihe Droschken hängen, die vor dem Bahnhof auf Kunden warteten. Die Pferde dampften und zerrten unruhig an den Geschirren, um die Fliegen zu vertreiben, die in großen Schwärmen um ihre Köpfe kreisten. Die Kutscher saßen gelangweilt und von der Hitze ausgelaugt auf ihren Böcken und hatten ihre Hüte tief ins Gesicht gezogen. Gerne hätte sich Kathrine eine dieser Gefährte geleistet, um das letzte Stück ihres Weges zurückzulegen, aber das konnte nur ein Traum bleiben. Ihr letztes Geld hatte sie für die Zugfahrkarte zusammengekratzt. Sie besaß nicht mal mehr die kleinste Münze. Sie musste also das letzte Stück zu Fuß gehen.
Seufzend ergriff sie wieder ihre kleine Tasche, in der sie ihre wenigen Habseligkeiten verstaut hatte, und machte sich auf den Weg in eine fremde Stadt. Die Sonne hatte die Pflastersteine aufgeheizt und die aufsteigende Hitze ließ die Luft flirren. Es dauerte nicht lange, da drückten Kathrine ihre Schuhe und das enge Mieder ihres langen Kleides hatte sie bald wundgescheuert, als sie dem ihr beschriebenen Weg in die Innenstadt folgte. Ihre blonden Locken waren von Schweiß verklebt und ihr Gesicht von der Hitze

gerötet. Alles in allem machte sie keinen guten Eindruck, um sich bei ihrem neuen Arbeitgeber vorzustellen, aber sie hoffte auf Verständnis.
Nach einiger Zeit erreichte sie einen großen Platz mit einem mächtigen Brunnen. Es würde nicht schaden, wenn sie sich einen Augenblick in seinem Schatten ausruhte, entschied Kathrine. Durst quälte sie und der Wunsch, sich an dem kühlen Nass zu erfrischen, war fast übermächtig. Sie näherte sich dem plätschernden Wasser. Das Geräusch erschien auf dem sonst ausgestorbenen Platz überlaut, irgendwie unnatürlich und der Welt entrückt. Kathrine verharrte einen Moment, bevor sie die Hände in das kühle Wasser eintauchte, und zum ersten Mal beschlich sie dieses merkwürdige Gefühl. Es wurde ihr mulmig und in ihrem Magen breitete sich ein seltsames Kribbeln aus. Plötzliche Unruhe erfasste sie, ohne dass sie hätte bestimmen können, woher sie rührte. Kathrine versuchte, sich selbst zu beruhigen, und schob diese seltsamen Empfindungen auf die schier unerträgliche Hitze. Doch so sehr sie auch versuchte, sich zu besinnen, die Gefühle wollten nicht verschwinden. Stattdessen kristallisierten sie sich mehr und mehr heraus. Es war eine Art des Wiedererkennens mit der damit verbundenen Aufregung, an einen bekannten Ort zurückzukehren. Kathrine befeuchtete ihr Taschentuch und wischte sich ihr Gesicht ab, während sie versuchte zu verstehen, was gerade in ihr vorging. Sie wusste, dass sie noch nie an diesem Ort, in dieser Stadt gewesen war. Ihr Verstand sagte ihr eindeutig, dass es kein Wiedererkennen geben konnte. Und trotzdem, je länger sie sich umblickte, je länger sie die fein gearbeiteten Figuren des Brunnens und die an den Platz grenzenden Häuser musterte, umso mehr verstärkte sich das Gefühl. Kathrine verstand nicht, was mit ihr geschah. Schließlich blieb ihr Blick an einer kleinen Gasse hängen, die zwischen zwei hohen Häusern auf den Platz mündete. Irgendetwas daran zog sie magisch an, sodass sie ihren Blick nicht mehr davon abwenden konnte und beschloss, der Sache auf den Grund zu gehen. Ohne lange zu überlegen, verließ Kathrine den ihr gewiesenen Weg und ging auf die kleine Gasse zu. Es war düster dort, denn die hohen Häuser

ließen nur wenig Licht hineinfallen, doch die Luft war trotzdem warm und schwül und ließ übelsten Gerüchen die Möglichkeit, sich voll zu entfalten. Sie folgte dem kleinen Gässchen und dabei bewegten sich ihre Füße von alleine, ohne dass ihr Verstand etwas dazu beitragen musste. Ihr Blick raste von links nach rechts, von oben nach unten, und wo sie auch hinblickte, glaubte sie, etwas Vertrautes zu finden, ohne es je zuvor gesehen zu haben. Es schien Kathrine, als wäre sie in eine andere Welt eingetaucht. Ihre Welt? Die unterschiedlichsten Gefühle stürmten auf sie ein. Vor Freude schlug ihr das Herz bis zum Hals und gleichzeitig bildete sich vor Angst ein dicker Knoten in ihrem Hals. Was ging hier vor sich? Wie würde das enden? Und was war der Sinn?

Sie gelangte an eine kleine Treppe und stieg die Stufen empor . Jede Stiege war ihr so vertraut, als wäre sie sie schon tausende Male emporgestiegen. Sie schwitzte entsetzlich, doch jetzt bemerkte sie es nicht mehr. Dann gelangte sie in ein weiteres Gässchen und ihre Füße wussten, dass sie sich nach links zu bewegen hatten, bevor Kathrine auch nur einen Gedanken daran verschwendet hatte. Mit jedem Schritt nahm die Intensität ihrer Gefühle zu, aber auch die Gewissheit, dass sie sich der Lösung dieses Rätsels näherte. Was würde sie erwarten, wenn sie am Ende ihres Weges war? Noch immer entdeckte sie mit jedem Blick vertraute Einzelheiten, die sie noch nie zuvor gesehen hatte. Hier eine Figur, da ein Giebel, dort ein Haus.

Das Ende der Gasse rückte in Sichtweite und je näher sie ihm kam, umso stärker wurde der Wunsch loszulaufen. Geistesabwesend wischte sie sich den Schweiß von der Stirn. Ihr war schwindlig und sie hatte entsetzlichen Durst, doch sie wurde sich dessen kaum bewusst. Etwas in ihrem Inneren verriet ihr, dass sie dort, vor ihr, die Lösung für alles finden würde.

Nun war das Ende der Gasse nicht mehr weit. Es waren noch gut dreißig Meter, dann mündete das kleine Sträßchen in eine etwas breitere Straße. Kathrine konnte es bereits sehen und ihr stockte für einen Moment der Atem. Auf der gegenüberliegenden Seite der breiten Straße, aus den Gässchen heraus noch halb verborgen, konnte sie ein großes, hübsch gelb getünchtes und edel aussehendes Haus sehen, und in dem Augenblick, in dem ihre Augen das Gebäude gefunden hatten, wusste Kathrine, dass sie dort die Lösung ihres Rätsels finden würde. Das war der Punkt, der sie so magisch anzog. Hier würde sich alles auflösen. Ohne nachzudenken, denn in diesem Moment folgte ihr Körper nur einem alles überschattenden inneren Instinkt, ließ sie ihre Tasche fallen und rannte los. Sie konnte ihren Blick nicht mehr von dem Gebäude abwenden, das ihr Herz zugleich vor Freude höher schlagen und sie gleichzeitig auch vor Angst erschauern ließ. Mit hochgerafftem Kleid und langen Schritten erreichte sie das Ende der Gasse und wurde sofort von dem hellen Licht, das die breite Straße überflutete, geblendet. Trotzdem rannte sie, ohne den Blick von ihrem Ziel abzuwenden, weiter. Die heranrasende Droschke hatte keine Möglichkeit mehr. Die Pferde scheuten und brachen aus, als das Gespann Kathrine erfasste. Ihr Körper wurde durch die Luft geschleudert und blieb einen Meter entfernt leblos liegen.

*Kathrine*

# Estelle

Es weihnachtete. Draußen rieselte der Schnee lautlos zu Boden und hüllte die Stadt in eine weiße Decke.

Der Saal war hell erleuchtet. Hunderte Kerzen spiegelten sich in Leuchtern aus feinstem Kristall und üppigen, goldenen Verzierungen wider. Überall funkelte und glitzerte es zwischen rotem Samt und prunkvollen Stofftapeterien. Der Wohltätigkeitsball war bereits im vollen Gange. Das Orchester spielte weihnachtliche Melodien und unzählige Diener zwängten sie durch die eng beieinander stehenden Gäste, um Häppchen und prickelnden Champagner zu reichen.

Estelle fühlte sich im ersten Moment von der Wärme und dem übermäßigen Prunk überwältigt und erdrückt, als sie aus der winterlichen Kälte in die wärmende Vorhalle trat. Sofort eilte ein Mann im schwarzen Frack auf sie zu und nahm ihr den Mantel ab, unter dem sich ihr azurfarbenes Ballkleid mit den herrlichen Perlenstickereien verbarg. Sie dankte ihm mit einem kurzen Nicken und begab sich direkt in in den überhitzten Ballsaal. Sie setzte sich in eine etwas abgelegene Nische, um sich zu sammeln. Noch wusste Estelle nicht genau, was sie von diesem Abend erwartete, geschweige denn wie er enden würde. Sie hatte Vorbereitungen getroffen und Pläne geschmiedet, doch noch war alles offen. Aber sie besaß genug Selbstbewusstsein, um zu wissen, dass sie die Aufgabe, die sie sich selbst auferlegt hatte, auch bewältigen konnte. Schließlich hatte sie sich ihre Rolle selbst ausgesucht und sie hatte ihrer Mutter vor wenigen Tagen am Sterbebett geschworen, nicht zu ruhen, bevor sie sie erfüllt hatte, um ihr Frieden zu schenken. Trotzdem konnte sie nicht verhindern, dass sie nun ein wenig Nervosität überfiel. Sie atmete ein paar Mal tief durch, um ihre flatternden Nerven zu beruhigen,

und suchte in ihrem Handtäschchen nach dem Brief und dem Zeitungsausschnitt, aus denen sie ihre Kraft schöpfte. Schon als sie das Papier zwischen ihren Fingern spürte, war sie wieder beruhigt und die Energie, mit der sie all ihre Taten durchzuführen pflegte, erfüllte sie wieder. Sie straffte ihre Gestalt und begab sich in den Saal . Jemand reichte ihr ein Glas Champagner und sie nahm es dankend an. Als sie an einem der großen Wandspiegel vorbeikam, überprüfte sie noch einmal ihr Aussehen. Alles war perfekt! Nicht einmal ihre Mutter hätte sie zu unterscheiden vermocht. Sie trug ihr Kleid, ihren Schmuck (das wenige, was noch übrig geblieben war), hatte ihr blondes Haar geflochten, wie sie es üblicherweise tat. Obwohl Estelle nicht zum Hochmut neigte, musste sie zugeben, dass das Spiegelbild, das ihr entgegenblickte, atemberaubend aussah … geradezu engelsgleich und überirdisch. Genau so, wie sie es sich vorgestellt hatte, um an ihr Werk zu gehen.
Sie schaute sich suchend um. Gesehen hatte sie ihn noch nie, kannte ihn nur von Bildern und von den Erzählungen ihrer Mutter, doch es war nicht schwer, ihn im Getümmel der feiernden Gäste ausfindig zu machen. Er war, wie er ihr beschrieben worden war. Er hatte etwas Auffälliges, eine Ausstrahlung, die ihn aus der Masse herausstechen ließ. Sein Gesicht war maskulin und schön, doch der Ausdruck von Arroganz und Hochmut ließ ihn hässlich wirken. Estelle stellte angewidert fest, dass die Kleidung, die er trug, nur vom Feinsten und Edelsten war. Sie musste vom teuersten Schneider in der Stadt gefertigt worden sein. Natürlich, er besaß ja genug der nötigen Mittel. Und trotzdem war sein Gebaren so übertrieben hochmütig und überheblich, dass man sofort vermuten musste, dass er eigentlich nicht in diese Gesellschaft gehörte. Er befand sich an seinem Tisch in Begleitung zweier herausgeputzter, stark geschminkter Damen, die völlig fehl am Platz wirkten, aber seine Aufmerksamkeit voll in Anspruch nahmen.
Noch hatte er sie nicht gesehen, aber es war Zeit, nun endlich in Erscheinung zu treten. Estelle warf noch einmal einen Blick in den Spiegel, nur der Selbstsicherheit wegen, dann raffte sie ihr Kleid ein wenig und schlenderte

geradewegs auf seinen Tisch zu. Sie verharrte dort einen Augenblick, nur lange genug, um sicher zu sein, dass er sie gesehen hatte. Ihre Blicke begegneten sich nur für den Bruchteil einer Sekunde, doch das reichte ihr, um zu sehen, wie in seinen kalten Augen der Funke des Erkennens, anschließend der Verwunderung und schließlich des ängstlichen Erstaunens erwachte. Zufrieden mit diesem kleinen Teilerfolg ging sie einfach weiter, ohne sich noch einmal umzudrehen, zur anderen Seite des Raums. Dabei spürte sie seinen bohrenden Blick zwischen ihren Schulterblättern.

Wieder verbarg sie sich in einer der etwas intimeren Nischen. Dort konnte er sie nicht mehr sehen, doch sie konnte ihn aufs Genauste beobachten. Von seiner Reaktion würde ihr weiteres Vorgehen abhängen. Eine Weile starrte er noch in die Richtung, in die sie verschwunden war. Er wirkte für den Moment dem Treiben um ihn herum entrückt, doch dann nahmen ihn seine beiden Begleiterinnen wieder in Beschlag. Er schüttelte kurz den Kopf, so als wollte er einen bösen Traum vertreiben, und wandte sich wieder seinen Tischdamen zu. Doch seine Selbstsicherheit hatte deutlich unter dieser Begegnung gelitten.

Estelle nippte zufrieden an ihrem Glas. Das Phantom war geboren, jetzt musste sie nur noch dafür sorgen, dass es auch seine Aufgabe erfüllte. Noch einmal schlenderte sie durch den Raum, sorgte für eine zufällige Begegnung. Auch dieses Mal blieb die erhoffte Wirkung nicht aus. Sie konnte beobachten, wie er blass wurde, kalter Schweiß bildete bald einen dünnen Film auf seiner Stirn. Das Phantom seiner Vergangenheit hatte ihn nun im Griff und war nicht bereit, ihn wieder loszulassen. Langsam wurde es anstrengend für sie. Estelle musste dafür sorgen, allgegenwärtig zu sein. Er sollte sie nicht mehr aus den Augen verlieren, doch es musste genug Distanz zwischen ihnen bleiben. Sie scheute den direkten Kontakt mit ihm. Das war nicht Teil ihres Plans. Sein panischer Blick folgte ihr nun auf Schritt und Tritt. Es gab keinen unbeobachteten Moment mehr für sie und ihn. Sie konnte feststellen, dass sein Alkoholkonsum mit der Angst stieg. Das Phan-

tom hatte in seinem Kopf bereits Besitz von ihm ergriffen.
Gegen Mitternacht war es Zeit für den nächsten Schritt. Sie holte aus ihrer Handtasche den kleinen Brief hervor, den sie vorbereitet hatte, und winkte einen der Diener herbei, der ihn überbringen sollte.
Eilig riss er den Brief auf, als er ihm übergeben wurde. Sein angstvoller Blick streifte sie, bevor er die wenigen Zeilen las, die darauf geschrieben standen. Estelle konnte jedes einzelne Wort in seinem Gesicht widerspiegeln sehen.
'Ich bin zurückgekehrt aus der Kühle des Grabs und den Gefilden des Himmels, um das Unrecht zu tilgen, das mir durch deine Hand widerfahren ist. Ich werde nicht weichen und schwinden, bevor dir nicht die gerechte Strafe zuteilgeworden ist. So lange werde ich dein ständiger Begleiter sein und dir beistehen, wie du es mir einst vor dem Traualtar geschworen hast.'
Die Worte waren gut gewählt worden. Sein Gesicht wurde bleich und bleicher, seine Hände zitterten, als er sich den Schweiß von der Stirn wischte. Plötzlich sprang er auf und taumelte. Einen Augenblick lang befürchtete Estelle, er würde in Ohnmacht fallen. Doch dann glitt er auf seinen Stuhl zurück und blieb dort zusammengesunken sitzen. Sein Blick ruhte wieder auf Estelle. Sie lächelte nur. Seine beiden Begleiterinnen tuschelten ratlos, doch sie erhielten keine Antworten auf ihre eindringlichen Fragen. Estelle wusste, es würde nicht mehr lange dauern.
Fast hätte Estelle verpasst, wie er den Saal verließ. Nur einen Augenblick hatte sie ihn aus den Augen gelassen. Ein gut gekleideter Mann hatte sie um einen Tanz gebeten und sie hatte höflich, aber bestimmt ablehnen müssen. Als sie wieder zurück zu seinem Tisch blickte, war er verschwunden. Hektisch blickte Estelle sich um. Sie entdeckte ihn an der Tür. Er war gerade dabei, den Saal zu verlassen. Sie ließ sich rasch ihren Mantel reichen und eilte ihm nach. An der obersten Stufe des Treppenportals blieb sie stehen, um nach ihm Ausschau zu halten. Sie entdeckte die schwarze Gestalt, die sich durch den Schnee kämpfte, und folgte ihm mit einigem Abstand. Er hastete durch die verschneite Stadt. Niemand außer ihnen war zu dieser nachtschla-

fenden Zeit unterwegs, keine Menschenseele begegnete ihnen. Der Weg war nicht weit. Er bog um einige Ecken, um dann nach wenigen Minuten in einem prächtigen Stadthaus zu verschwinden. Estelle verlangsamte ihren Schritt, als sie ihn hineingehen sah, und näherte sich dem Gebäude, um im Schein der Straßenlampe, die sich davor befand, stehen zu bleiben. Sie war sich bewusst, dass sie dort gut gesehen werden konnte. Die Kälte war beißend und ihre Füße waren in den dünnen Schuhen längst durchnässt, doch sie bemerkte es nicht. Sie war viel zu aufgeregt. Unruhig trat sie im Schein der Laterne von einem Bein auf das andere. Würde das Phantom, das sie erschaffen hatte, seine Aufgabe tatsächlich erfüllen? Wenn alles so gelang, wie sie es sich vorstellte, würden ihn seine eigenen Dämonen richten.

Im ersten Stock des Hauses wurde eine Kerze entzündet. Ansonsten blieb alles dunkel in dem Gebäude. Der Lichtschein fiel durch das Fenster und Estelle konnte einen sich bewegenden Schatten erkennen. Er eilte durch das Zimmer, trat dann ans Fenster heran, um hastig wieder zurückzuweichen. Er hatte sie gesehen. Sie blieb ruhig stehen und blickte unverwandt zum Fenster hinauf. Das Phantom wartete.

Noch einmal erschien er am Fenster, um sogleich wieder zurückzuweichen. Dann zog er die Vorhänge zu. Die Anspannung in Estelle wuchs. Nun kroch die Kälte doch langsam ihre Beine empor. Doch sie würde warten, wenn es sein musste, bis zum nächsten Morgen. Sie würde erst gehen, wenn sie wusste, ob sich ihre Erwartungen erfüllt hatten.

Lange Zeit geschah nichts. Die Stadt war totenstill, nur die Schneeflocken fielen lautlos zu Boden. Dann durchbrach der Schuss einer Pistole die friedliche Stille. Das Geräusch ließ die Scheiben des Hauses klirren und hallte an den umliegenden Gebäuden wider. Estelle lächelte und mit der Ruhe, die sich an den Schuss anschloss, breitete sich auch Frieden in ihr aus. Das Phantom verschwand. Es wurde nicht länger gebraucht. Estelle konnte wieder Estelle sein.

Sie holte den Brief und den Zeitungsausschnitt aus ihrem Handtäschchen und warf noch einmal einen Blick darauf. Ein letztes Mal las sie die Zeilen, die dort standen. Zuerst den Zeitungsbericht über den Selbstmord ihrer Zwillingsschwester und dann den Brief ihrer Mutter, in dem sie ihr Leid klagte und den Mann verdammte, der ihre Schwester schon kurz nach der Heirat in den Tod getrieben hatte, um an ihr Geld zu gelangen. Estelle hatte ihrer Mutter geschworen, ihre Schwester zu rächen. Und nun hatte sie ihren Schwur erfüllt.

Sie zerriss das Papier in kleine Stücke und ließ sie mit dem Schnee zu Boden fallen. Dann drehte sie sich um und verließ den Ort ihrer Rache. Gleich am nächsten Morgen würde sie den ersten Zug nach Hause nehmen und zu ihrem Mann und ihrem Kind zurückkehren.

*Estelle*

# Natalie

Sie warf einen letzten Blick über die Schulter. Die Luft war rein. Zu dieser nächtlichen Zeit war keine Menschenseele auf der Straße unterwegs. Der überdachte Hintereingang lag im Dunkeln. Das Licht der Gaslaternen, die den Bordstein erleuchteten, reichte nicht in den Hinterhof des Museums. Doch es dauerte nicht lang, bis sich Natalies Augen an die Dunkelheit gewöhnt hatten. Sie waren noch immer überdurchschnittlich gut und sie waren auf solche Situationen geschult. Sie untersuchte die Tür genau. Es gab drei Sicherheitsschlösser. Keine Überraschung für sie, denn sie hatte wie stets genauestens recherchiert, bevor sie sich ihres Vorhabens annahm. Lautlos holte sie den dünnen Draht aus dem Lederbeutel an ihrem Gürtel und machte sich zuerst an das oberste Schloss. Nur wenige Sekunden vergingen, dann stieß der Draht auf Widerstand und der Riegel sprang zurück. Auch das unterste Schloss verlangte nicht mehr Können von ihr. Für das Hauptschloss in der Mitte benötigte sie ein wenig mehr Zeit, denn es war alt und schwergängig. Doch Natalie war zu sehr Profi, um sich davon aus der Ruhe bringen zu lassen. Geduldig suchte sie den richtigen Punkt, an dem der Draht seinen Widerstand fand, und mit ein wenig Nachdruck sprang auch der letzte Riegel zurück. Ein kurzes Drehen am Knauf öffnete die Tür.

Vor Natalie erstreckte sich ein unbeleuchteter Gang, der zur Verwaltung des Museums gehörte. In diesem Teil des Gebäudes hielt sich nachts niemand auf. Er war völlig unbewacht, denn hier gab es nichts, was für irgendjemanden interessant gewesen wäre. Geräuschlos schlich Natalie vorbei an einigen Bürotüren und erreichte das Ende des Ganges, wo ihr, wie erwartet, eine dicke, gepanzerte Tür den Weg versperrte, die den Verwaltungsteil vom eigentlichen Museum trennte. Das, so wusste sie, war das erste wahre Hindernis auf ihrem Weg. Einige ihrer ‚Kollegen' waren bereits zuvor an dieser Hürde gescheitert, denn die Panzertür wurde von einem Zahlenschloss gesichert und die Kombination, obwohl es eine aufwendige Prozedur war, wurde jeden Abend aufs Neue geändert. Natalie verharrte einen Augenblick, bevor sie mit ihrer Arbeit begann. Sie strich mit der Hand über das kühle Metall der Tür. Dies hatte einen rein psychologischen Hintergrund. Sie glaubte, dadurch eine gewisse Verbundenheit mit dem Metall und dem Mechanismus, der darin verborgen war, zu erlangen. Dann legte sie langsam das Ohr an die kühle Platte und begann, an dem Rad zu drehen. Die Totenstille, die in diesem Teil des Gebäudes herrschte, kam ihr zugute. Bald hörte sie zum ersten Mal das leise Klicken hinter dem Metall. Sie drehte langsam weiter an dem gut geölten Rad. Es klickte erneut und kurz darauf noch einmal. Das letzte Klicken, das einige Zeit später folgte, zauberte ein zufriedenes Lächeln auf Natalies Gesicht. Auf ihr Gehör hatte sie sich schon immer verlassen können. Jetzt legte sie nur noch den massiven Riegel um und die drei Stahlbolzen, die die Tür verschlossen, glitten geschmeidig zurück und gaben den Weg in die Ausstellungsräume des Museums frei.

Obwohl sie sich selbst darüber ärgerte, denn es war höchst unprofessionell, konnte Natalie nicht verhindern, dass Aufregung sie erfasste, als sie achtsam durch die Tür trat und sich direkt dahinter an die Wand drückte, um sich im Schatten zu verbergen. Die Panzertür zog sie vorsichtig hinter sich zu. Schließlich wollte sie keine unnötige Aufmerksamkeit auf sich ziehen.

Das Museum bestand aus einer großen Halle, die vollgestopft mit den unterschiedlichsten Exponaten war, und einigen wenigen Nebenräumen, die nicht weniger überfüllt waren. Nur der kleinste Raum, ganz hinten, war ausschließlich einem einzigen Exponat gewidmet und das war das Objekt, auf das Natalie es abgesehen hatte.

Die Wände der Haupthalle waren über und über mit wertvollen Gemälden und Wandteppichen behängt, doch nichts war so wertvoll wie das Objekt,

um das es hier ging. Natalie verharrte mit dem Rücken an die Wand gedrückt im Schatten und lauschte. Es gab einen Wächter, der nachts für die Sicherheit des Museums zuständig war, und einen dazugehörigen, altersschwachen Hund. Den beiden stand ein kleines, verglastes Räumchen neben dem mächtigen Eingangsportal des Museums zur Verfügung, in dem sie sich zwischen ihren Kontrollgängen ausruhen konnten. Wie Natalie während der akribischen Vorbereitung auf diese Nacht in Erfahrung gebracht hatte, wurden die Abstände zwischen den Kontrollgängen im Laufe der Nacht immer größer. Nach Mitternacht ging die Anzahl der Kontrollgänge deutlich gegen null. Auch heute schien der Wächter nicht von seinen Gewohnheiten abweichen zu wollen. Leises Schnarchen von Mann und Hund war zu hören. Natalie lauschte einen Moment dem gleichmäßigen Geräusch, bis sie sicher war, dass beide tief im Reich der Träume weilten, und machte sich dann daran, ihren Weg fortzusetzen.
Die Halle wurde nur von wenigen Gasleuchten erhellt, die sich im glatt polierten Marmorboden widerspiegelten. Sie konnte noch ein Stück im Schatten an der Wand entlangschleichen und duckte sich dann tief, um sich hinter den Vitrinen zu verbergen. Während sie flach über den Boden kroch, konnte sie ihr Gesicht im blanken Marmor sehen und musste unwillkürlich lächeln. Niemand würde hinter diesem schmalen Gesicht mit den großen Augen und den blonden Locken das Wesen eines Meisterdiebs vermuten. Es gefiel ihr, sich selbst als gerissen zu bezeichnen. Obwohl sie schon so einige Dinger gedreht hatte, hatte die Polizei noch immer nicht die geringste Vorstellung von ihrer Identität. Nur einmal war sie entdeckt worden, hatte aber entkommen können. Als sie später die Fahndungsbeschreibung an der Polizeistation hatte aushängen sehen, hatte sie herzlich lachen müssen. Die Polizei suchte nach einem jungen Mann mit blonden Locken, der in schwarze Hosen und einen dunklen Pullover gekleidet war. Eine Frau in Hosen war ja auch einfach zu absurd.
Der Raum, der einzig und allein dazu diente, den riesigen Saphir ins rechte

Licht zu rücken, wurde durch ein weiteres Eisengitter, das wiederum mit drei Riegeln verschlossen war, von der großen Halle abgetrennt. Es benötigte nur wenige Handgriffe Natalies und etwas Schmiermittel und auch diese Riegel glitten lautlos zur Seite. Ein kurzer Blick in Richtung Eingang verriet Natalie, dass sowohl der Wächter als auch sein Hund noch in friedlicher Ahnungslosigkeit vor sich hinschnarchten. Die Museumsleitung würde diese Arbeitseinstellung sicherlich nicht gerne sehen.
Vorsichtig schob Natalie das Gitter gerade so weit auf, dass sie sich hindurchzwängen konnte, und ließ es dann hinter sich wieder behutsam zurückgleiten. An die Wand gedrückt konnte Natalie sich einen Augenblick gönnen, um den kleinen Raum zu begutachten. Außer der mit schwarzem Samt ausgeschlagenen Vitrine in der Mitte des Raums befand sich nichts darin … und die Vitrine war ebenfalls leer. Jeder andere hätte sich jetzt vielleicht gewundert, aber Natalie war gut informiert. Sie wusste, dass der edle Stein jeden Abend aus seiner Vitrine entfernt und in einem Tresor verstaut wurde, der sich hinter einer der Holzpaneelen verbarg. Natürlich war ihr auch bekannt, hinter welcher das gute Stück verborgen war. Achtsam entfernte sie die Paneele von der Wand und legte den Tresor frei. Jetzt war wieder ihr außergewöhnliches Gehör gefragt. Sie drehte langsam an dem Rad, das sich in der Mitte der Tresortür befand. Es klickte einmal, dann noch einmal. Nachdem es noch zweimal leise geklickt hatte, verspürte Natalie ein wohlig warmes Gefühl der Zufriedenheit. Die Tresortür ließ sich mit sanftem Widerstand aufziehen und enthüllte ihr Geheimnis. Nur ein einziges, hölzernes Kästchen befand sich darin. Es war fein gearbeitet und dem Inhalt, den es in sich barg, durchaus würdig. Natalie erlaubte sich nur einen kurzen Blick hinein. Der Saphir, darin auf feinsten Samt gebettet, funkelte sogar in der schummrigen Beleuchtung des nächtlichen Museums. Schnell klappte Natalie das Kästchen wieder zu und verstaute es in ihrem Rucksack.
Jetzt, wo sie ihr Ziel erreicht hatte, drängte es Natalie, sich zu beeilen, aber sie war niemand, der vorschnell alle Vorsicht außer Acht ließ, nachdem sie

ihr Ziel erreicht hatte. Sie verschloss den Tresor, brachte die Paneele wieder an. Dann zog sie leise das Gitter wieder hinter sich zu und durchquerte auf leisen Sohlen die Museumshalle, in der der Wächter noch immer nichts ahnend im Reich der Träume weilte, passierte die Panzertür, nicht ohne daran zu denken, auch diese wieder zu verschließen, und ließ kurz darauf die dreifach gesicherte Außentür hinter sich ins Schloss gleiten.

Im Schatten der Häuser verborgen, eilte Natalie als schwarzes Phantom durch die Straßen der menschenleeren Stadt, bis sie sich ein ganzes Stück von dem Museumsgebäude entfernt hatte. Irgendwann fand Natalie eine dunkle Häusernische und drückte sich hinein, um sich einen Augenblick der Schwäche zu gönnen. Sie holte das Kästchen aus ihrem Rucksack, um ihr Beutestück zu begutachten. Ein Lächeln glitt über Natalies Gesicht. Alles war gut verlaufen … fast zu gut. Besser, als sie es geplant hatte. Es hatte schon beinahe etwas Unheimliches, wenn ein Unternehmen von solcher Dreistigkeit so reibungslos vonstattenging. Vorsichtig nahm Natalie den Saphir aus seinem Samtbett und betrachtete ihn näher. Ein böser Verdacht begann an ihr zu nagen, als sie sich des glatten Verlaufs ihrer nächtlichen Unternehmung bewusst wurde, und vertrieb ihr das Lächeln vom Gesicht. Es war zu dunkel, um festzustellen, ob der Stein wirklich echt war. Sie würde sich gedulden müssen, bis sie an einem geeigneteren Ort war. Plötzlich trieb es Natalie wieder, ihren Weg fortzusetzen. Sie legte den Stein zurück und wollte das Kästchen gerade wieder in ihren Rucksack stecken, als etwas anderes ihre Aufmerksamkeit auf sich zog. Das Kästchen gab ein leises Ticken von sich. Warum hatte sie es nicht schon vorher bemerkt? Ihr Gehör hatte sie noch nie im Stich gelassen. Natalie zögerte einen Moment zu lange, über den Verrat ihrer Sinne verwirrt. Die Explosion ließ die Hauswände erschüttern. In den Fenstern gingen kurz darauf die ersten Lichter an.

*Natalie*

# Theodora

Endlich war der Tag gekommen. Sie hatte sich so lange darauf gefreut, hatte sich den Abend immer und immer wieder in den schönsten Farben ausgemalt. Sie hatte jede Minute bis ins kleinste Detail geplant. Es sollte alles perfekt laufen. Nichts sollte schief gehen an dem Abend, an dem sie ihren fünfundzwanzigsten Hochzeitstag feiern würden. Nur sie und Henry. Endlich würden sie mal wieder einen Abend zusammen verbringen … zusammen und allein. Sie hatte lange darauf warten müssen, denn sie sahen sich nicht sehr oft, noch seltener allein. Henry war stets sehr beschäftigt und noch dazu viel unterwegs. Oft war er tage- und nächtelang nicht zu Hause. Meistens wusste sie nicht einmal, wo er sich aufhielt. Er sagte immer, es müsste sein, und sie versuchte, es zu verstehen.

Es gab nicht mehr sehr viel Intimität zwischen ihnen. Die Zeit hatte ihren Tribut gefordert und nach und nach war ihr Verhältnis kühler und abgestumpfter geworden. Henry war meist kalt und abweisend und ihre Beziehung distanziert und routiniert. Theodora hatte beschlossen, dass sich etwas ändern musste und sie hatte diesen Abend ausgewählt, um ihrer Beziehung eine radikale Wendung zu geben.

Sie hatte den großen Salon von Grund auf herrichten lassen, die großen Spiegel und der mächtige Kronleuchter glänzten und glitzerten im Schein der unzähligen Kerzen, die sie von Babette, dem Hausmädchen, hatte aufstellen lassen. Die festliche Tafel und die wundervollen Blumengestecke vollendeten das feierliche Ambiente, das den perfekten Rahmen für diesen besonderen Abend bieten sollte. Sie hatte Babette und den anderen Bediensteten den Abend freigegeben und auch die Köchin würde sich in das Bedienstetenhaus zurückziehen, sobald sie das Essen aufgetragen hatte. So

würden sie das Haupthaus an diesem Abend ganz für sich allein haben. Zufrieden blickte sich Theodora um und betrachtete dann ihr Bild in einem der gewaltigen Wandspiegel. Sie hatte sich viel Mühe für diesen Abend gegeben. Sie hatte sich die Haare in hübsche Locken drehen und dann kunstvoll und aufwendig aufstecken lassen. Dann hatte sie sich geschminkt und das blaue, lange Taftkleid angezogen, dessen Korsett ihre Figur so wunderbar vorteilhaft zur Geltung brachte und dessen Edelsteinbesatz so herrlich im Licht der Kerzen funkelte. Sie hatte es von Babette besonders eng schnüren lassen. Vielleicht ein wenig zu eng, denn ihr fiel das Atmen schwer, aber Henry sollte ja schließlich sehen, was er auch nach fünfundzwanzig Jahren noch an ihr hatte. Einen Augenblick noch zögerte Theodora. Ein wenig unbequem war es schon. Hoffentlich würde das schöne Kleid im weiteren Verlauf des Abends nicht leiden.
Der tiefe Gong der riesigen Standuhr lenkte sie von ihren Gedanken ab. Es war acht. Henry würde gleich nach Hause gekommen. Er hatte sein Wort gegeben, wenigstens heute pünktlich zu sein, und zumindest auf sein Wort hatte man sich immer verlassen können.
Schnell blickte sie noch einmal über den liebevoll gedeckten Tisch, dass es auch an nichts fehlte. Das Döschen stand neben ihrem Teller auf dem Tisch. Es war ein kleines, goldenes, mit wenigen Edelsteinen besetztes Behältnis, das Theodora schon seit einigen Tagen hütete wie ihren Augapfel. Aber dabei ging es nicht um das Döschen, sondern um das, was sich darin verbarg … das Geschenk, das sie für Henry auserkoren hatte. Sie hatte lange gebraucht, bis sie das Richtige gefunden hatte, und es war auch nicht leicht gewesen, es zu besorgen, aber schließlich war es ihr gelungen. Henry würde mächtig von diesem Geschenk beeindruckt sein, daran gab es keinen Zweifel.
Theodora hörte, wie sich die Tür öffnete und Henry den Salon betrat. Sie setzte ihr strahlendstes Lächeln auf und drehte sich schwungvoll zu ihm um sich zur Begrüßung in seine Arme zu werfen. Sie hatte so etwas schon seit ewigen Zeiten nicht mehr getan und die Verwunderung über ihr Ge-

baren war ihm deutlich aus dem Gesicht zu lesen, als er sie verhalten wie stets begrüßte. Theodora ließ sich nicht von der kalten Art ihres Mannes beeindrucken. Sie hatte mit nichts anderem gerechnet und sie war sich nun umso sicherer, dass es höchste Zeit für diesen Abend war. Schwungvoll griff sie nach seiner Hand und führte ihn zu seinem Stuhl, um dann auf ihrem Platz zu nehmen. Mit einem kleinen Glöckchen signalisierte sie der Köchin, dass es an der Zeit war, das Essen auftragen. Sie hatte natürlich Henrys Lieblingsspeise zubereiten lassen. Das schien ihr nur zu passend. Das Essen verlief wortkarg, wie gewöhnlich, obwohl Theodora sich alle Mühe gab, etwas Schwung in das Gespräch zu bringen. Henry war nun mal einfach nicht der Mensch für profanen Smalltalk. Ob er das wohl auch nicht war, wenn er seine Nächte nicht zu Hause verbrachte?, schoss es Theodora in diesem Moment durch den Kopf. Er war niemals bemüht, sich mit ihr zu unterhalten, er fragte sie nie danach, was sie tat oder erlebte. Er interessierte sich einfach nicht für sie. Das tat er schon lange nicht mehr. Vielleicht hatte er es früher einmal, aber das war schon so lange her, dass sie sich nicht mal mehr dessen sicher war. Sie zweifelte nicht daran, dass er sie für eine einfältige und langweilige Person hielt, ohne eigenen Verstand und eigenen Willen. So wollte sie ihn heute vom Gegenteil überzeugen. Sie wollte ihm zeigen, dass sie durchaus eine Person war, die ihren eigenen Willen hatte, die es wert war, beachtet zu werden.

Theodora beobachtete über den Tisch hinweg den Mann, dem sie die besten Jahre ihres Lebens geschenkt hatte und dem sie zwei Söhne geboren hatte. Die Gleichgültigkeit, mit der er ihren Blick erwiderte, grenzte fast an Verachtung. Ihr Blick fiel auf das Döschen, in dem sich das Geschenk verbarg, das sie mit so viel Mühe und Sorgfalt ausgewählt hatte. War er es überhaupt wert, dieses Geschenk zu bekommen? Er hatte ihr kein Geschenk mitgebracht. Sie hatte auch nicht wirklich damit gerechnet.

Als die Teller geleert waren, entschied Theodora, dass es an der Zeit war, das Geschenk zu überreichen. Sie hatte von Babette für diesen besonderen

Moment eine Flasche des besten und teuersten Weines aus dem Keller holen lassen. Henry kommentierte die Verschwendung unwirsch, als er sie mit der Flasche hantieren sah, doch Theodora wollte davon nichts hören. Er hatte ihr ohnehin nie etwas gegönnt. Sie nahm das Döschen in die Hand und drehte ihm den Rücken zu. Schließlich sollte die schöne Überraschung ja nicht verdorben werden. Der Inhalt des Döschens glitt lautlos in den blutroten Wein seines Glases. Wenn er das Glas geleert hatte, würde er schon sehen, was sie ihm Hübsches gekauft hatte. Strahlend überreichte sie ihm das Glas und setzte sich wieder auf ihren Platz. Sie erhoben die Gläser und tranken auf die vergangenen fünfundzwanzig Jahre. Im Stillen trank Theodora auch auf die kommenden, die hoffentlich besser werden würden. Was in seinem Kopf vorging, vermochte sie nicht zu erraten. Henry leerte sein Glas hastig. Es schien fast, als würde er den Abend schnell hinter sich bringen wollen. Theodora ihrerseits hatte Zeit. Vorfreude war ja bekanntlich die schönste Freude und so freute sie sich darauf, wenn Henry endlich entdecken würde, was für eine Art Geschenk sie ihm gemacht hatte. Es dauerte nicht lange, da konnte sie erkennen, dass er es herausgefunden hatte. Sie lächelte stumm, während Henrys Gesicht rot anzulaufen begann und kalter Schweiß auf seine Stirn trat. Zum ersten Mal seit Langem bekamen seine Augen so etwas wie Leben, als er sie anblickte. Sie spiegelten Erstaunen und Überraschung wider. Theodora bedauerte, dass er sie nicht früher schon so angesehen hatte. Sein Mund formte Wörter, doch es kam kein Ton über seine Lippen, als er mühsam versuchte, sich auf den Beinen zu halten. Dann verloren seine Augen jeden Glanz und er kippte tot zur Seite. Theodora nippte genussvoll an ihrem Wein und lächelte noch immer still. Es war wirklich ein perfekter Abend geworden.

*Theodora*

# Marcy

Die Sonne schien gleißendhell vom wolkenlosen Winterhimmel und ließ diffuse Schatten im Irrgarten entstehen. Hier gab es einen hell durchfluteten Gang, dort wieder eine dunkle Ecke. Hinter jeder Biegung schien sich etwas Geheimnisvolles zu verbergen, etwas Mystisches, das sich nicht mit Händen greifen ließ und trotzdem ganz sicher vorhanden war. Immer schien es das Versprechen zu machen, dass es hinter der nächsten Ecke auf sie zu warten schien, und dann, sobald sie einen Blick um die Hecke warf, war es verschwunden, hatte sich bereits wieder hinter der nächsten Biegung versteckt. Das kleine Kinderherz schlug vor Aufregung und Freude immer schneller. Jeder Schritt entfernte sie weiter vom Eingang weg, führte sie tiefer in den Irrgarten hinein. Die Luft war eisig, aber Marcy bemerkte die Kälte nicht. Sie rannte so schnell ihre kleinen Beinchen sie trugen, zuerst nach links, dann wieder nach rechts, noch einmal nach rechts und dann wieder nach links. Die Rufe ihrer besorgten Eltern hörte sie schon lange nicht mehr. Warum mussten sich die Erwachsenen immer Sorgen um sie machen? Warum wurde ihr alles verboten? Sie war doch schon ein großes Mädchen, sie konnte allein in den Irrgarten gehen und sie konnte allein den Weg finden, wenn sie wollte. Sollte die Mutter ihr doch folgen, sie konnte sowieso nicht mit ihr mithalten. Marcy rannte noch ein wenig schneller. Sie musste sich beeilen. Hinter der nächsten Ecke würde sie es bestimmt endlich einholen. Da konnte sie doch sogar einen huschenden Schatten entdecken. Aber die Enttäuschung hinter der nächsten Ecke war groß. Wieder war es ihr einen Schritt voraus, wieder war es verschwunden. Nur ein Rascheln in den Blättern verriet, dass es da gewesen war. Doch Marcy kannte kein Verzagen, sie kannte keine Angst und auch keine Sorge um ihren hübschen, neuen Man-

tel und die flauschigen Stiefel, die ihr der Vater mitgebracht hatte. Sie wurde nur von ihrer kindlichen Neugier getrieben und dem Wissen, dass es mehr gab zwischen Himmel und Erde, als die Erwachsenen wussten. Vielleicht konnten die Erwachsenen es auch nur einfach nicht sehen. Oder sie wollten es nicht. Aber Marcy konnte und wollte es sehen und sie wusste, sie musste nur dran bleiben, dann würde sie ihn schon irgendwann einholen. Sie stürmte um die nächste Ecke, hielt einen Moment inne, als sie glaubte, dass ihre Mutter ihren Namen gerufen hatte, und lief dann doch weiter. Heute wollte sie nicht auf ihre Mutter hören. Ihre Mutter verstand nichts von den Dingen, die Spaß machten. Sie behauptete immer, es gäbe keine Drachen und keine Feen. Für sie gab es nur Ordnung und Sauberkeit. Dabei schaute sie einfach nur nicht genau hin. Es war doch alles so eindeutig.
Da, eben hatte sie die Spitze eines grünen, gezackten Schwanzes hinter der Ecke verschwinden sehen. Die Feen saßen oben auf dem Rand der Hecke und lachten zu ihr herunter. Marcy stimmte in ihr Lachen mit ein, als sie dem Drachen immer weiter in das Labyrinth hinein folgte. Wie schade, dass die Hecke so hoch war, sonst hätte sie schon längst einen Blick auf ihn werfen können. Aber sie konnte spüren, wie der Boden leicht unter seinen mächtigen Schritten erzitterte.
In Marcys kindlicher Welt gab es keine Zeit, die gnadenlos verstrich, und so merkte sie nicht, wie die Sonne sich langsam senkte und die Schatten der Hecken immer länger wurden, bis schließlich das ganze Labyrinth im Dunklen lag. Jetzt wurde Marcy doch kalt und sie bemerkte, dass die Nacht langsam hereinbrach. Sie wollte zu ihren Eltern zurück. Ihre Mutter würde sicherlich schon sehr böse mit ihr sein. Die kindliche Euphorie verschwand und mit ihr die Wärme, die die Aufregung in ihr ausgestrahlt hatte. Jetzt begann Marcy die eisige Kälte zu spüren, die mit der Nacht noch beißender wurde, und sie begann zu zittern. Sie bekam Angst. Der Drache war verschwunden. Auch Drachen wollten nicht bei Dunkelheit und Kälte draußen sein. Ängstlich begann Marcy sich umzusehen, lief zuerst nach links, dann

wieder nach rechts. Sie wusste nicht, wo sie war und wie sie den Ausgang finden sollte. Sie wollte nach Hause, wollte zu ihrer Mama und in ihr kuscheliges, warmes Bett. Sie hatte Hunger und sie begann zu weinen, während sie nach ihrer Mutter rief. Warum konnte sie sie jetzt nicht antworten hören? Die Feen waren davongeflogen, der Drache hatte sich verkrochen. Niemand war da. Marcy war ganz allein und sie fürchtete sich. Doch da … war da nicht eine Bewegung im Dunkeln? Stand da nicht ein schwarzer Mann? Und dort? Ein Monster mit großen Augen und langen Zähnen. Weinend rannte Marcy weiter, flüchtete vor den bösen Gestalten, die plötzlich in jeder Ecke zu lauern schienen. Doch wohin sie auch rannte, sie fand den Ausgang nicht. Sie rannte, solange ihre kurzen Beine sie trugen, doch irgendwann übermannte sie die Erschöpfung und sie fiel hin. Weinend hockte sie sich auf den kalten Boden und drückte sich tief in die Hecke, damit die bösen Kreaturen sie nicht entdecken konnten. Ihre Eltern würden sie schon finden, sie musste nur warten. Die eisige Kälte kroch ihre Beine empor, bis sie schließlich den ganzen Körper erfasste.

Sie glaubte, die Stimmen ihrer Eltern zu hören, die nach ihr riefen, doch sie hatte nicht mehr die Kraft zu antworten. Sie würden sie schon finden.

Ein schwarzer Mann kam und beugte sich über sie. Er wirkte groß und Furcht einflößend und dennoch hatte Marcy keine Angst. Trotz der Kälte spürte sie plötzlich, wie ihr warm wurde. Sie konnte sein Gesicht in der Dunkelheit nicht erkennen, aber er strahlte etwas aus, das ihr Geborgenheit vermittelte. ‚Komm mit mir', sagte er, ohne dabei wirklich zu sprechen, und Marcy ging mit ihm.

Erst am nächsten Morgen fanden ihre Eltern, halb unter einer Hecke verborgen, den kleinen, starren Körper.

*Marcy*

# Lieselotte

Es war ein eisig kalter Tag, aber die Sonne schien strahlend vom blauen Himmel. Lieselotte bedauerte, dass sie diesen herrlichen Tag nur durch das Küchenfenster genießen konnte, aber schließlich hatte sie viel zu tun. Seufzend und mit verschränkten Armen an die Spüle gelehnt, betrachtete sie das katastrophale Durcheinander. Blut war auf den Boden getropft und dort verschmiert worden, die Spüle war bereits völlig verdreckt. Aber es würde noch schlimmer werden und es würde Stunden dauern, bis sie wieder alles in Ordnung hatte, so wie sie es eigentlich am liebsten hatte.

Auf dem Küchentisch lag der Kadaver, den es auszunehmen galt. Es war immer das Gleiche, die ganze Arbeit blieb an ihr hängen. Das Jagen war sein Hobby und sie durfte die Drecksarbeit machen. Er trieb sich für gewöhnlich mit seinen Jagdfreunden in der Kneipe oder sonst wo herum, während sie bis zu den Ellenbogen in den Eingeweiden wühlte. Nur zum Essen war er dann meistens wieder pünktlich zu Hause. Natürlich ärgerte sich Lieselotte darüber, aber es stand ihr nicht zu, sich zu beschweren.

Sie zog die Schublade auf und legte das Beil und das große scharfe Messer auf der Anrichte bereit. Dann krempelte sie die Ärmel ihrer Bluse nach oben und rückte die Schürze noch einmal zurecht. Jetzt konnte sie sich an ihr Werk machen. Sie hatte Übung darin, beherrschte jeden Handgriff im Schlaf.

Zuerst entfernte sie gänzlich alle Haare, dann machte sie sich daran, den Kadaver auszunehmen. Sie trennte den Kopf ab und legte ihn in eine Schale, damit er ausbluten konnte. Später würde sie ihn auskochen. Man konnte einen wunderbaren Sud daraus machen, wenn man das Fleisch vom Knochen löste. Anschließend schnitt sie den Bauch der Länge nach auf, um die Eingeweide zu entfernen. Sie entfernte gekonnt die Lunge, das Herz, den Darm und die restlichen Innereien und legte auch diese sorgfältig in eine Wanne. Vom Magen schnitt sie gleich ein Stück in kleine Häppchen und warf sie dem Hund in den Napf. Der Setter, der im Wohnzimmer nebenan in seinem Korb geschlafen hatte, roch die Leckerei sogleich und kam schwanzwedelnd in die Küche, um sich darüber herzumachen. Wenigstens brauchte ihr Mann heute nichts zum Mittagessen. Das hätte sie zeitlich niemals geschafft.

Jetzt kam der schwierigste Teil. Sie musste den Kadaver vierteilen, damit sie ihn einige Stunden zum Ausbluten in den Schuppen hängen konnte. Es war ein hartes Stück Arbeit, den Körper erst der Länge nach zu teilen und dann die beiden Teile noch einmal quer durchzutrennen. Als sie damit fertig war, war Lieselotte nass geschwitzt. Nachdem sie die Teile in den Schuppen gebracht und dort aufgehängt hatte, konnte sie sich daran machen, das Chaos in der Küche zu beseitigen. Sie wischte das Blut vom Tisch und vom Boden und stellte einen großen Kessel mit Wasser auf, um den Kopf darin auszukochen. Dann machte sie die Innereien so weit fertig, dass sie sie nur noch für den Hund einkochen musste.

Gerade als sie fertig war, keine Minute zu früh, klingelte es an der Tür. Es war ihre beste Freundin, die ihr mit Kuchen auf dem Arm einen Überraschungsbesuch abstattete. Lieselotte freute sich. So gab es wenigstens eine kleine Abwechslung für sie an diesem Sonntag. Bei Kaffee und Kuchen konnten sich die beiden Frauen gegenseitig ihr Herz ausschütten, zumal sie auch Leidensgenossinnen waren. Hatte ihre Freundin doch ebenfalls einen passionierten Jäger als Ehemann.

Als ihre Freundin sie verließ, war es schon Nachmittag, gerade an der Zeit, dass Lieselotte fortfahren konnte. Nacheinander holte sie die Teilstücke wieder in die Küche, trennte das Fleisch von den Knochen, schnitt Stücke zurecht, die sie zu Braten, zu Gulasch zu Pökelfleisch und zu Würsten verarbeiten würde. Das Fass mit dem Pökelsalz stand schon bereit, darin brauchte sie die zugedachten Teile nur einzulegen. Die Stücke für die Wurst legte sie nochmals zur Seite. Damit konnte sie sich am nächsten Tag beschäftigen,

denn es war ja Gott sei Dank sehr kühl draußen.
Als Lieselotte endlich mit allem fertig war, stand sie ratlos vor den Unmengen an Fleisch. Wer sollte das nur wieder alles essen? Das meiste würde unweigerlich schlecht werden. Verschenken konnte sie dieses Mal wohl kaum etwas. Vielleicht die eine oder andere Wurst oder ein schönes Stück Pökelfleisch, aber alles andere wollte sie lieber für sich behalten, auch wenn sie es wohl wegwerfen musste. Zumindest das Gulasch konnte sie noch vorbereiten. Auch davon würde sie ein wenig einkochen können. Der Rest musste einfach bald gegessen werden.
Es war schon weit nach der üblichen Abendessenszeit, als Lieselotte sich endlich allein an ihren sauberen Esstisch setzen konnte. Sie hatte sich ein schönes, frisches Stück Fleisch gebraten, das sie nun – die Ruhe genießend – genüsslich verzehrte. Nur der Setter lag friedlich unter dem Tisch. Zum ersten Mal seit ihrer Heirat saß sie mit ihrem Mann am Tisch, ohne seine raue und ungehobelte Art ertragen zu müssen. Lieselotte ließ es sich schmecken.

*Lieselotte*

# Susanne

Susanne hielt ihre Hand über das Becken und ließ kaltes Wasser darüber laufen. Der Daumen schmerzte und die Kälte brachte nur wenig Linderung. Missmutig zog sie die Hand unter dem Wasserstrahl hervor und betrachtete ihren Nagel, während sie darauf pustete. Er würde sicherlich blau werden. Der erste dunkle Schimmer war bereits zu sehen. Womöglich würde er sogar absterben und ausfallen. Doch sie hatte keine Zeit, länger wehleidig zu sein. Bald würde die Spedition kommen, um die gemeldete Kiste abzuholen, damit sie ihren Weg nach Übersee antreten konnte. Und es fehlten noch immer einige Nägel, bis sie vollständig verschlossen war.
Susanne ging zurück ins Wohnzimmer und nahm wieder den Hammer zur Hand. Sie musste wohl mit ihrem lädierten Daumen weiterarbeiten. Sie konnte schließlich schlecht jemanden um Hilfe fragen. Aber der Schmerz hatte auch etwas Befriedigendes. Es würde der letzte Schmerz sein, der mit ihm verbunden war. Bald würde er für immer vollständig aus ihrem Leben verschwunden sein. Die Kiste war der letzte Schritt zur Unabhängigkeit. Schon jetzt freute sie sich darüber, sein widerliches Gesicht nicht mehr sehen zu müssen. Sie hasste ihn jetzt so sehr, wie sie ihn einst geliebt hatte. Was hatte er ihr alles angetan!? Wie sehr hatte er sie gedemütigt!? Der Schmerz, den sie durch ihn hatte erleiden müssen, war sehr viel schlimmer als das Pochen, das nun von ihrem Finger ausging. Er hatte sie belogen und betrogen, hatte ihr das wenige, was sie sich erspart hatte, weggenommen. Ihr Leben war durch ihn ein einziges Dilemma geworden.
Sie konnte nicht einmal mehr nachvollziehen, was sie so faszinierend an ihm gefunden hatte, was sie dazu bewogen hatte, sich mit ihm einzulassen. Ihre Ehe war durch ihn eine einzige Katastrophe, ihr Leben fast ruiniert. Es

war an der Zeit gewesen, dem Ganzen endlich ein Ende zu setzen. Er wäre niemals von allein gegangen, hätte sie niemals gehen lassen. Sie hatte es versucht. Am Anfang nur halbherzig, dann vehement, als der Druck zunahm. Alles war ohne Erfolg geblieben. Heute war ihre letzte Chance gewesen und sie hatte sie genutzt. Wenn alles gut ging, würde er noch heute Abend seine letzte Reise antreten und sie würde ihn nie wieder sehen müssen. Von dieser Gewissheit beflügelt, trieb sie die letzten Nägel in das helle Holz.
Als sie fertig war, blieb ihr nicht viel Zeit, ihr Werk zu bewundern. Schnell fixierte sie noch die Aufkleber mit dem falschen Absender und dem fiktiven Empfänger auf der Kiste, dann klingelte es auch schon an der Tür. Die Spediteure, zwei fettleibige, nach Schweiß stinkende Typen, hievten die Kiste fluchend die schmale Treppe hinunter. Susanne begleitete ihn noch auf seinem letzten Weg. So viel Anstand musste sein.
Als der Lastwagen um die Straßenecke verschwand, fühlte sich Susanne befreit. Sie zog die kühle Novemberluft in ihre Lungen und war bereit für einen Neuanfang … ohne ihn.
Der Abend kam und Susanne saß an dem liebevoll gedeckten Tisch. Der Raum wurde von Kerzen in ein romantisches Licht gehüllt. Das Essen war bereit, alles war einfach perfekt.
Als sie hörte, wie sich der Schlüssel im Schloss drehte, sprang sie auf und lief ihm entgegen. Ihr Mann betrat die Wohnung und blickte sie erwartungsvoll an. Er sagte nichts, verschränkte nur die Arme. Sie wusste auch so, was er von ihr wollte.
»Ich habe es getan«, sagte sie und konnte dabei ein glückliches Lächeln nicht unterdrücken. Sie spürte bereits den ganzen Tag dieses Glück. Sie hatte heute den Absprung geschafft und damit ihre Ehe gerettet. »Ich habe heute mit ihm Schluss gemacht. Er wird nie wieder hier auftauchen, das schwöre ich dir.«
Ihr Mann sagte noch immer nichts, fragte nicht, wie sie es angestellt hatte. Er nickte nur zufrieden und schloss sie in die Arme. Sie erwiderte die Um-

armung und genoss seine Wärme. Er hatte ihr eine letzte Chance gegeben und sie hatte sie genutzt.

»Ich werde dich nie wieder betrügen«, schwor sie ihm leise.

*Susanne*

# Linda

Was dachte sich dieses Miststück eigentlich!?! Linda kochte innerlich vor Wut, während sie mit ihrem roten Sportwagen über die dunkle Landstraße düste. Was sollte das? Sie war zutiefst enttäuscht. Die ganze Aktion war rausgeschmissenes Geld gewesen und hatte sie kein Stück weitergebracht. Und sie war tatsächlich so dämlich gewesen, sich was davon zu erhoffen. Deshalb ärgerte sie sich auch zu einem guten Stück über sich selbst. Wie hatte sie auf so eine Aufschneiderin hereinfallen können? Sie war doch sonst nicht so einfältig.

Dabei hatte es nicht einmal schlecht angefangen. Sie war wirklich beeindruckt gewesen. Von Anfang an hatte sie geglaubt, den Hauch des Mysteriösen und Übersinnlichen spüren zu können, als sie die kleine Wohnung der Fremden betreten hatte. Der Raum war abgedunkelt und von einem schweren, einlullenden Duft durchflutet gewesen. Die Atmosphäre hatte etwas Beängstigendes und Anziehendes zu gleich gehabt. Die Fremde hatte sie angewiesen, in einem Sessel aus rotem Samt Platz zu nehmen und sie warten lassen – länger, als es eine Frau wie Linda normalerweise gewöhnt war. Dann endlich hatte sich die Fremde zu ihr gesellt und sie über den kleinen, runden Tisch hinweg lange angesehen. Linda hatte geglaubt, spüren zu können, wie der Blick ihrer dunklen Augen durch und durch ging und bis in ihr Innerstes vordrang. Langsam war Linda unruhig geworden und sie hatte, was wahrlich nicht oft vorkam, nicht gewusst, was sie sagen sollte, obwohl sie gleichzeitig den übermächtigen Drang verspürte, all das loszuwerden, was sie auf dem Herzen hatte. Als sie sich endlich dazu durchgerungen hatte, den Mund zu öffnen, um ihr Anliegen vorzutragen, hatte die Fremde nur mit dem Kopf geschüttelt und mit krächzender Stimme gesagt: »Sie

brauchen nichts zu sagen. Ich weiß, warum sie hier sind.«
Linda war für den Moment sprachlos gewesen. Sie hatte nichts von ihren Wünschen preisgegeben, als sie diesen Termin vereinbart hatte, dessen war sie sich sicher. Und noch bevor sie sich wieder fangen konnte, legte die Fremde eine runzlige, mit vielen Ringen bestückte Hand auf den Tisch. »Geben Sie mir Ihre rechte Hand. Ich werde Ihnen sagen, was Sie wissen wollen«, hatte die Alte sie angewiesen und Linda war zögernd der Aufforderung gefolgt. Dann hatte die Fremde auf die Innenfläche ihrer Hand gestarrt und dabei erneut sehr lange geschwiegen. Linda war nichts anderes übrig geblieben, als ihr Gegenüber zu beobachten und abzuwarten. Über das strohige, schwarze Haar hatte die Fremde sich ein rotes Kopftuch gebunden und in dem Gesicht darunter zeigten sich tiefe Falten. Linda hatte schon vom ersten Moment an vermutet, dass sie nicht annähernd so alt war, wie sie aussah. Hin und wieder hatte die Fremde eine Reihe dunkler Zähne entblößt, während sie Lindas Handfläche genauestens studierte und die Handlinien mit rauen Fingern nachfuhr. Dann endlich hatte sie begonnen zu sprechen. Und was sie sagte, war verblüffend und beängstigend zugleich gewesen. Sie hatte Linda vieles aus ihrer Vergangenheit erzählt, von ihrer Kindheit. Sie erinnerte Linda an viel Schönes und ließ auch das nicht aus, was Linda lieber nicht noch einmal gehört hätte. Und Linda hatte nichts anderes tun können als verwundert und zustimmend zu nicken. Die Fremde verfügte offenbar über ein unglaubliches Talent. Alles, was sie sagte, stimmte haargenau. Zu diesem Zeitpunkt war Linda überzeugt gewesen, dass es richtig gewesen war, in diese etwas verwahrloste Hinterhofwohnung zu kommen. Doch dann war etwas passiert, das ihr den Glauben jäh nahm. Sie hatte es gewagt, die Alte nach dem zu fragen, warum sie eigentlich da war. Schließlich hatte sie ja nicht zum Spaß den Weg auf sich genommen. Sie hatte etwas über die Zukunft wissen wollen. Ihre Vergangenheit kannte sie schließlich selbst zu genüge. Sie wollte wissen, wie ihr Leben weitergehen würde. Ihre Ehe war verkorkst, ihr Leben trotz Reichtum sinnlos, ihr Kinderwunsch noch immer

unerfüllt.
Wieder hatte die Alte lange in ihre Hand gestarrt, ohne einen Ton von sich zu geben. Als sie schließlich Lindas Hand losließ und sich in ihrem Sessel zurücklehnte, hatte sich das Gesicht der Alten verhärtet. »Ich kann Ihnen nichts über ihre Zukunft sagen!«, hatte sie gekrächzt und es hatte Linda wie einen Schlag getroffen. Sie wollte protestieren, doch die Fremde hob nur die Hand und wiederholte. »Ich kann Ihnen nichts über ihre Zukunft sagen. Gehen Sie!«
Am Gesichtsausdruck der Fremden hatte Linda erkannt, dass es keinen Sinn mehr hatte, weiter in sie zu dringen. Sie hätte ihr niemals gesagt, was sie wissen wollte. Der Teufel wusste warum! Wie betäubt hatte Linda sich erhoben und zum Gehen gewandt.
»Legen Sie das Geld einfach auf den Tisch.« Die Alte hatte sich bereits wieder einem Stapel Karten zugewandt und würdigte sie keines Blickes mehr. Für einen Moment hatte Linda überlegt, ob sie die Zahlung verweigern sollte. Schließlich hatte sie nicht bekommen, was sie wollte, doch irgendetwas hinderte sie daran und sie legte den abgesprochenen Betrag auf den kleinen Tisch. Dann verließ sie die Wohnung. Noch auf dem Weg zu ihrem Wagen hatte sich ihre Enttäuschung in Wut verwandelt.
Jetzt bog Linda mit ihrem Auto in die breite Auffahrt ihres Hauses ein und ihr Ärger hatte sich noch immer nicht verflüchtigt, ganz im Gegenteil. Zu allem Überdruss hatte es nun angefangen zu regnen. Das Gras war nass und durchweichte ihre neuen Schuhe, als sie die Abkürzung über den Rasen nahm. Sie war dankbar, als sie endlich die Tür hinter sich schließen konnte. Sie musste endlich Abstand zwischen sich und diesem zermürbenden Erlebnis schaffen. Ein Brandy würde ihr mit Sicherheit helfen. Geladen wie sie war feuerte sie ihre nassen Schuhe in die nächstbeste Ecke und eilte nur in den teuren Seidenstrümpfen die Marmortreppe empor. Licht brauchte sie keins, denn sie kannte dieses Haus in- und auswendig. Die letzte Stufe war es, die sie eines Besseren belehrte. Sie fand keinen Halt, als sie ausglitt

und fiel. Und noch bevor sie den Fuß der Treppe erreichte, begriff sie: Es gab keine Zukunft, über die es etwas zu sagen gegeben hätte.

*Linda*

[redacted]

Es hatte keinen Sinn mehr. Sie konnte die Augen nicht mehr vor der Wahrheit verschließen. Sie war schon zu lange überfällig. Mehr als ein ganzer Monat war bereits verstrichen und ihre Monatsblutungen hatten noch immer nicht eingesetzt. Langsam glaubte sie auch, die ersten Veränderungen an ihrem Körper feststellen zu können – Schwindel, Übelkeit und Appetitlosigkeit. Es war sinnlos, es weiter zu leugnen – sie war schwanger.
Sie saß in der kleinen Lehmhütte, die sie seit kurzer Zeit mit ihrem frisch angetrauten Mann teilte, und hielt sich unbewusst die Hand auf den Bauch, während sie sich das Hirn zermarterte. Es war ein Desaster. Wie sollte sie das nur erklären? Gut, für einen Außenstehenden mochte auf den ersten Blick nichts Verwerfliches zu erkennen sein. Sie war eine verheiratete Frau, warum sollte sie nicht zeitig nach der Hochzeit ein Kind gebären? Aber ihren Mann würde sie nicht so leicht täuschen können. Fast zwei Wochen waren sie nun verheiratet und noch immer hatte er nicht bei ihr gelegen. Nicht, dass er es nicht versucht hätte, aber er hatte Schwierigkeiten mit seiner Männlichkeit. All seine Bemühungen waren ohne Erfolg geblieben. Er war deutlich älter als sie und das Alter forderte nun mal seinen Tribut. Wie also sollte sie nun diese Schwangerschaft erklären? Was sollte sie tun? Fort konnte sie nicht. Es gab keinen Platz in dieser Welt für alleinstehende Frauen, schon gar nicht, wenn sie ein Kind erwarteten, das auch noch aus einem Ehebruch entstanden war. Auf Ehebruch stand die Todesstrafe.
Sie fuhr sich frustriert durchs Haar und verfluchte sich selbst. Warum hatte sie sich noch einmal darauf eingelassen? Sie hatte sich geschworen, ihn nach der Hochzeit nie wieder zu sehen. Er, der Vater des Kindes, das sie nun erwartete, war ein junger Mann mit hübschem Gesicht und nicht schlecht

anzusehen. Er war in ihrem Alter, aber ohne jede Zukunft. Ein Taugenichts, wie ihr Vater sich auszudrücken pflegte, ein Wirrkopf mit Visionen, der umherzog und Reden schwang. Aber sie hatte ihn sehr gemocht und sie hatten eine Menge Spaß zusammen, auch als sie bereits zur Ehe versprochen worden war. Sie hatten Glück, ihr Verhältnis war nie entdeckt worden, und am Tag ihrer Hochzeit hatte sie gewusst, wenn es ihr auch schwer fiel, dass alles ein Ende haben musste. Trotzdem hatte er eines Tages, kurz nach der Hochzeit, vor ihrer Tür gestanden, als sie mal wieder, wie so oft seit der Trauung, allein war. Um ein letztes Mal hatte er sie gebeten. Es sollte ein Abschied für immer sein, hatte er gesagt und sein Wort gehalten, denn seit diesem letzten Mal hatte sie ihn nicht wiedergesehen. Sie hatte ihn gesucht, als sie zum ersten Mal den Verdacht hatte, dass dieses letzte Mal nicht ohne Folgen geblieben war, hatte auf seinen Beistand gehofft, aber er war nicht mehr aufzufinden. Es hieß, er habe die Stadt verlassen. Niedergeschmettert war sie nach Hause zurückgekehrt und hatte mit ihrem Schicksal gehadert. Wochenlang hatte sie gehofft und gebetet, dass es sich von allein erledigen würde, doch ihr Zustand schritt einfach voran, bis sie es nicht mehr einfach ignorieren konnte. Sie musste sich etwas einfallen lassen.
Was würde ihr frisch angetrauter Ehemann tun, wenn sie sich ihm einfach offenbaren würde? Sie kannte ihn noch nicht gut genug, um ihn einschätzen zu können. Er war nicht der Klügste und unzweifelhaft recht naiv, aber bis jetzt war er gut und liebevoll zu ihr gewesen. Er bemühte sich, ihr mit seinen bescheidenen Mitteln ein angenehmes Leben zu ermöglichen. Er arbeitete hart als Zimmermann und musste sie dafür oft allein lassen. Aber was würde er tun, wenn sie ihm gestehen würde, dass sie ihn hintergangen hatte? Sie wusste auch, dass er ein tiefgläubiger Mann war. Sein Glaube war vielleicht sogar das Einzige, was ihm mehr bedeutete als sie und die Religion hatte nun mal kein Verständnis für Ehebrecher. Höchstwahrscheinlich würde es nicht gut enden.
Sie war kurz davor zu resignieren, als sie in ihrer düsteren Lehmhütte saß

und durch den offenen Eingang hinaus ins Freie starrte, wo das gleißende Licht der Sommersonne die Straße bestrahlte, als würde sich der Leibhaftige dort selbst offenbaren. Da kam ihr eine Idee. Die Religion. Vielleicht war sie nicht nur ihre Feindin, vielleicht konnte sie sie zu ihrer Verbündeten machen. Ihr Herz schlug schneller, als sie begann, sich ihren wagemutigen Einfall weiter auszumalen. Sie musste nur überzeugend sein, und sie konnte überzeugend sein! Bereits in ihrer Kindheit hatte sie lügen können, ohne dass ihr jemals jemand auf die Schliche gekommen wäre. Ihr Verhältnis hatte sie vertuscht und niemand hatte etwas geahnt. Also, warum sollte es jetzt nicht noch einmal klappen? Noch dieses eine Mal, dann, schwor sie sich, würde sie nie wieder in ihrem Leben etwas Unrechtes tun. Doch dieses eine letzte Mal noch würde sie alles auf diese eine Karte setzen. Was hatte sie schon zu verlieren? Ihr Mann hatte keinen Grund, ihr zu misstrauen. Er glaubte stets an das Gute im Menschen, sein Glaube schrieb ihm das vor. Sie würde sich ihm an die Brust werfen, gleich, wenn er nach Hause kam. Sie würde weinen, verzweifelt sein. Sie wusste, wenn sie ihn mit ihrem kindlichen Gesicht und den großen Augen anschauen würde, würde er ihr jedes Wort glauben. Sie würde ihm erzählen, was geschehen war. Aufgewühlt, verzweifelt und gleichzeitig von einer überirdischen, göttlichen Freude beseelt, würde sie sich ihm zu Füßen werfen. Der Leibhaftige sei ihr erschienen, würde sie behaupten, und er habe nur sie ausgewählt, um diese schwere Aufgabe zu erfüllen. Sie brauche ihn nun als schützenden und liebenden Ehemann, denn sie trage ein göttliches Kind in sich.

Nachdem die Idee geboren war, lehnte sie sich entspannt zurück. Es schien fast lächerlich einfach, so einfach, dass es beängstigend war. Plötzlich hatte sie die feste Gewissheit, woher sie auch kommen mochte, dass es gut gehen würde. Sie trug ein heiliges Kind in ihrem Leib, das musste sie sich nur fest genug einreden … so lange, bis sie es selbst glaubte.

Langsam verschwand die Sonne vor dem Haus. Es wurde Abend und er würde bald nach Hause kommen.

[redacted]

Ebenfalls bei PERPICX Media erschienen:

# Das Fantasyepos von Nadine T. Güntner

ISBN-13: 978-3000194153

Mit einem Mal herrscht Chaos in Allendas, dem Königreich Hondors. Das friedliebende Volk, das seit Jahrhunderten keinen Krieg mehr geführt hat, sieht sich plötzlich einer riesigen Armee finsterer Kreaturen gegenüber. Das Land erliegt ohnmächtig der Streitmacht von Kalerid, dem Anführer der Sellag. Hondor und sein Freund und Hauptmann Herras können fliehen, verlieren sich jedoch aus den Augen.

Völlig unerfahren im Kampf ums Überleben, versuchen beide, unabhängig voneinander, das Land zu retten. Auf ihrem abenteuerlichen Weg begegnen ihnen Waldmenschen, düstere Magier, kampfeslustige Mönche und ein sprechender Drache.

Weitere Informationen zum Buch unter

www.allendas.com